Knaur.

D1925162

Im Knaur Taschenbuch Verlag erschienen bereits
Gernot Gricksch Romane
Die Herren Hansen erobern die Welt
Die denkwürdige Geschichte der Kirschkernspuckerbande
Robert Zimmermann wundert sich über die Liebe
Freilaufende Männer

sowie das heitere Sachbuch
Als die wunderbarste Frau der Welt sagte:
Liebling, wir sind schwanger

Geschichten von Gernot Gricksch erschienen unter anderem in den Lesebüchern
Draußen nur Kännchen – Was wir schon immer über Deutschland sagen wollten
Im Schrank – Über Lieblingsstücke, Fehlkäufe und das Tao des modernen Schuhwerks

Über den Autor:
Gernot Gricksch, geboren 1964, lebt mit seiner Frau und seinen zwei Kindern in Hamburg. Er schreibt als freier Journalist für verschiedene Zeitungen und Zeitschriften.

Gernot Gricksch

Die Bank der kleinen Wunder

Knaur Taschenbuch Verlag

Besuchen Sie uns im Internet:
www.knaur.de

Vollständige Taschenbuchausgabe 2004
Knaur Taschenbuch
Ein Unternehmen der Droemerschen Verlagsanstalt
Th. Knaur Nachf. GmbH & Co. KG, München
Copyright © 2003 by Schneekluth Verlag
Ein Verlagsimprint der Droemerschen Verlagsanstalt
Th. Knaur Nachf. GmbH & Co. KG, München
Alle Rechte vorbehalten. Das Werk darf – auch teilweise – nur mit Genehmigung des Verlags wiedergegeben werden.
Umschlaggestaltung: ZERO Werbeagentur, München
Umschlagabbildung: Mauritius
Satz: Ventura Publisher im Verlag
Druck und Bindung: Clausen & Bosse, Leck
Printed in Germany
ISBN 978-3-426-62680-1

4 6 7 5 3

Die Bank der kleinen Wunder

Der Herr Verwaltungsdirektor

Der Antrag lag in dreifacher Ausfertigung auf dem Schreibtisch des Herrn Verwaltungsdirektors Siegmar Zürn und musste nur noch unterschrieben werden, damit alles seinen Gang gehen konnte. Es gab kaum einen Platz auf dieser Welt, an dem ein Formular besser aufgehoben wäre als in direkter Reichweite des Herrn Verwaltungsdirektors.

Wer Siegmar Zürn kannte, konnte sich problemlos vorstellen, dass auch dessen eigene Existenz womöglich einst mit dem Ausfüllen eines schnöden Schriftstücks begonnen hatte, dass der kleine Siegmar seinerzeit einfach beantragt, bewilligt und dann geliefert wurde: *ein Kind, männlich, Standardausführung, schnörkellos.* Es bedurfte dagegen einer beträchtlichen Portion Fantasie, sich vor Augen zu führen, dass der von keinerlei nennenswerter Charaktereigenschaft beseelte Herr Verwaltungsdirektor tatsächlich das Produkt eines

mehr oder weniger leidenschaftlichen Liebesspiels seiner Eltern war.
Siegmar Zürn war, als er den Kugelschreiber aus dem zweiten Fach der linken oberen Schublade nahm und dessen Schreibspitze einmal feucht anhauchte, da die Kugelschreiber aus dem Fundus der Hamburger Behörde zum störrischen Austrocknen neigten, 42 Jahre alt. In diesen 42 Jahren war Siegmar Zürn zweimal verliebt gewesen. Das erste Mal mit 15 Jahren in seine Mitschülerin Irina, die er sich nie anzusprechen traute und die später einen Tanzlehrer aus dem Schwäbischen heiratete. Als sich Herrn Zürns ansonsten ausgesprochen phlegmatische Hormone ein zweites Mal über Gebühr regten, war er 38 Jahre alt gewesen. Das Objekt seiner Begierde hieß Margarete Lamprecht. Die freundliche, auf eine unscheinbare Art relativ hübsche Margarete arbeitete als Sachbearbeiterin in seiner Abteilung und fühlte sich, da er ihr Vorgesetzter war, verpflichtet, seine unter Aufwendung allen Mutes ausgesprochene Einladung zu einem Abendessen anzunehmen. Herr Zürn führte seine jüngere Kollegin in die gutbürgerliche *Ratsstube* und empfahl ihr den Grünkohl mit Pinkel. Noch Jahre später erzählte Margarete ihren Freunden, dass sie an diesem Abend die qualvollsten und langweiligsten vier Stunden ihres Lebens verbracht hatte und sie eher zwei Wochen lang jeden Tag einen anderen Versicherungsvertreter bei sich zu Hause empfangen würde, als jemals wieder ein privates Treffen mit dem Herrn Verwaltungsdirektor Zürn zu durchleiden.

Siegmar Zürn räusperte sich und griff nach dem Formular. Er schaute in die rechte obere Ecke des Antrages und sah, dass es Margarete Lamprecht gewesen war, die diesen Vorgang bearbeitet hatte. Das war gut, denn Margarete arbeitete sorgfältig und ihre Akten mussten nicht besonders kontrolliert werden. Herr Zürn war seiner Kollegin niemals böse gewesen, dass sie ihn nach jenem Rendezvous nie wieder abends treffen wollte – obgleich er nie verstand, warum nicht. Der Herr Verwaltungsdirektor hatte den Abend, den netten Plausch und die seiner Ansicht nach ausgesprochen gelöste Stimmung nämlich sehr genossen.

Es war nicht so, dass Siegmar Zürn gar keine Leidenschaften hatte. Er liebte beispielsweise Fußball. Na ja, was man bei einem Menschen wie Herrn Zürn eben so als *lieben* bezeichnet. Der Herr Verwaltungsdirektor liebte mit Bedacht. Er brachte keine Opfer für seine Passion. Ein Stadion, in dem sich viel zu viele Menschen auf viel zu wenig Raum drängten und in dem ihm unangenehme, beklemmende Kontakte mit wildfremden, womöglich wenig kultivierten Menschen drohten, betrat er beispielsweise nie. Und die Vorstellung, selbst in einer Mannschaft zu spielen, erschien ihm schlichtweg Furcht erregend, hätte er dann doch in der Öffentlichkeit kurze Hosen tragen und im Anschluss ans Spiel gemeinsam mit anderen Männern duschen müssen. Nackt! Nein, Herr Zürn sah Fußball im Fernsehen und hatte ein besonderes Faible für die

Zeitlupenwiederholungen einzelner Szenen entwickelt, da diese eine sehr genaue Analyse der Technik der Spieler ermöglichten.
Vielleicht wäre Siegmar Zürn auch ein begeisterter *Monopoly*-Spieler geworden, hätte er bloß jemals Freunde oder zumindest Bekannte gehabt, mit denen er um die Parkstraße feilschen und denen er den Westbahnhof hätte abluchsen können.
Viermal im Jahr nahm der Herr Verwaltungsdirektor die Dienste einer Dame namens Linda in Anspruch, die gemeinsam mit ihm älter wurde und Herrn Zürn als höflichsten all ihrer Kunden zu schätzen gelernt hatte.
Siegmar Zürn – es ließe sich nicht einmal schönreden, wenn man es wollte – war schlicht ein fader Furz. Er lebte ohne Aufs und Abs, ohne Vision, nennenswerte Träume und Sehnsüchte. Manchmal lachte er leise über den Witz des Tages im *Hamburger Abendblatt.* Damit war dann aber auch schon das äußerste Ende seines Spaß-Spektrums erreicht. Und doch hatte der Herr Verwaltungsdirektor durchaus seine Funktion im kosmischen Ganzen, war nicht einfach bloß als sinnloser Sauerstoffverschwender und Wohnraumvergeuder auf die Welt gekommen. Nein, er hatte eine Aufgabe zu erfüllen: Am 21. Mai 1967 bewillgte Siegmar Zürn, Abschnittsleiter des Gartenbauamtes Hamburg-Mitte, den Antrag und damit verbundenen Auftrag zur Her- und Aufstellung einer hölzernen Parkbank am westlichen Ufer der Außenalster, an der kleinen Liegewiese und

dem besonders im Sommer äußerst frequentierten Alsterwanderweg.

Als Siegmar Zürn diese Unterschriften leistete, ahnte er nicht, dass er gerade Schicksal spielte. Dass ausgerechnet er, der überdurchschnittliche Gefühlsregungen nur aus Büchern und dem Fernsehen kannte, mit der offiziellen Bewilligung dieses Freiluft-Sitzmöbels der Kostengruppe IV b das Leben einiger Menschen komplett auf den Kopf stellen würde. Denn rund um diese Bank sollten viele Jahre später, zum Beginn des neuen Jahrtausends, ganz erstaunliche, ja mitunter sogar wunderbare Dinge geschehen ...

Der Pudel im Wolfsrudel

Zucker!«, quietschte der rothaarige Assistent des Fotografen. »Denk an Zucker! *Süüüß!* Du musst *süß* aussehen!«

Oleanna, die auf einer Wiese an der Hamburger Alster stand und nach fast zwei Stunden Posieren langsam müde wurde, zog ihre Mundwinkel noch ein Stückchen weiter nach oben und zeigte ein paar Prozent mehr ihrer makellos weißen oberen Zahnreihe. Ihre Augen funkelten im Sonnenlicht.

»Dufte«, quietschte der Rothaarige. »Ja! Genau so!«

Gregor, der Fotograf, sagte nichts. Er klickte nur. Gregor Halstroem war einer der zehn erfolgreichsten und bestbezahlten Modefotografen des Planeten Erde und sah meistens keinerlei Veranlassung, seinen Mund für etwas anderes zu öffnen als zur Nahrungsaufnahme, um Frauen anzubaggern oder seiner Lieblingsbeschäftigung zu frönen: dem Meckern. Kaum ein Zimmermädchen, Kellner, Empfangschef oder sonstiger Knecht im hochpreisigen Dienstleistungsbereich hatte nicht schon mindestens einmal die wortreichen und im Allgemeinen nicht stubenreinen Zornesausbrüche des Gregor Halstroem über sich ergehen lassen müssen, wenn angeblich ein Handtuch fehlte, ein Essen nicht die exakt richtige Temperatur oder Konsistenz hatte, wenn ein Zimmer nicht die gewünschte Aussicht bot oder irgendein Auftrag nicht zur vollsten Zufriedenheit erledigt worden war. Darum war es Oleanna nur recht, wenn Gregor seine Anweisungen an sie über seinen Assistenten laufen ließ. Nicht nur, dass sie den Herrn Fotografen für ein veritables Arschloch hielt – sie hatte sich in einer schwachen Stunde, als Jetlag und Einsamkeit ihr aufs Gemüt drückten, zu einer kurzen Affäre mit ihm hinreißen lassen. Und das zählte zu jenen Dingen, die sie inständig zu vergessen wünschte. Doch jeder von Gregors Blicken, der Tonfall seiner Stimme, alles erinnerte sie an diesen peinlichen Zwischenfall.

Sie hatte damals keinen Zweifel daran gelassen, dass Gregor sich keinerlei Hoffnungen auf eine Wiederholung dieses Ereignisses machen brauchte – und Gregor ließ seinerseits keinen Zweifel daran, dass er sie deswegen seitdem mit größtmöglicher Nichtachtung strafte und zudem jeden, den es auch nur ansatzweise interessieren könnte, über ihre Liebesnacht (bei der es sich genau genommen um mickrige viereinhalb Kopulationsminuten handelte) in Kenntnis setzte. »Das wertet dich doch auf, mit mir im Bett gewesen zu sein«, hatte er damals mit seiner leicht näselnden Stimme behauptet. »Es verleiht dir Klasse.« Oleanna hatte ihn nur angeschaut, völlig fassungslos.

»Wolke«, grunzte Gregor und senkte die Kamera. Der Rothaarige signalisierte der ihm untergeordneten Assistentin, dass sie den Reflektor auf den Boden stellen dürfe. Oleannas Mundwinkel fielen hinab, ihr Gesicht verlor binnen einer Sekunde jenen besonderen Glanz, der sie in den Jahren ihrer steilen Karriere zum Topmodel, zur Ikone der Beauty-Jünger gemacht hatte.
»Dem Himmel sei Dank für diese Wolke!«, bemerkte Gregor trocken, aber mit einem gehässigen Blick in Oleannas Richtung. »Sie fängt schon an zu glänzen.«
Aufgeregt huschte Lisa, die Visagistin, herbei, schubste Oleanna förmlich auf den eiligst aufgestellten Klappstuhl und begann, das entgegen aller Behauptungen nach wie vor perfekte Puder- und Make-up-Kunstwerk zu überprüfen. Im Hintergrund wartete bereits Percy, der Hairstylist, der jedem hysterisch kreischend in die Weichteile treten würde, der ihn *Friseur* zu nennen wagte.
»Hamburg«, seufzte der Rothaarige. »Warum produzieren wir die Serie in *Hamburg*? Die Fischköpfe können Sonne doch nicht mal *buchstabieren*! Alles, was man hier fotografieren kann, ist eine Werbekampagne für *Selbstmord.*«
»Oder für Regenschirme«, schlug seine Assistentin vor.

Der Rothaarige reagierte nicht. So weit käme es noch, dass er – die rechte Hand von Gregor Halstroem – die Scherzversuche irgendwelcher Reflektor-Mausis zur Kenntnis nahm!
Oleanna unterdrückte den Wunsch, die Stirn zu runzeln; dies hätte Lisa einem mittelschweren Nervenzusammenbruch nahe gebracht. Der Rothaarige hatte ja keine Ahnung. Sie mochte Hamburg. Und sie mochte besonders die Alster, die durch die Präsenz des weltberühmten Fotomodels gerade zum bloßen Hintergrund degradiert wurde.
Oleanna – kein Nachname. Foto-Objekt der Multimillionen Dollar teuren Werbekampagne für die neue *Turci*-Kollektion. Sie war nicht weit von hier aufgewachsen, in Tarp, Schleswig-Holstein. Und wenn sie nicht eines Abends vor fünf Jahren beschlossen hätte, mit ihren Freundinnen nach Hamburg in die Diskothek *Traxx* zu gehen, wo sie von einem Agenturscout entdeckt wurde, dann würde sie vielleicht noch heute dort leben. Oleanna, die eigentlich Sabine Wirth hieß und die Tochter des Landwirts Horst Wirth und der Hausfrau Gerda Wirth war, genoss es, zwischen all den Aufenthalten in Paris, Mailand und New York, London und Tokio zu ihren norddeutschen Ursprüngen zurückzukehren. Auch wenn sie ein Ausflug nach Tarp zu viel Zeit kosten würde und sie nie auf die Idee käme, ihre ehemaligen Freunde aus der Schulzeit anzurufen, gab ihr ein Termin in Hamburg dennoch den Hauch einer Illusion von Heimat.

Oleanna war 24 Jahre alt. Sie war auf nahezu jedem nennenswerten Illustrierten-Cover abgebildet worden, und das weltweit. Sie war reich, begehrt, umschwärmt. Sie wohnte in mondänen Suiten, trug Designer-Klamotten, aß Designer-Food, plauderte mit Topdesignern. Doch manchmal träumte sie von drei Tagen, drei ruhigen, kuscheligen Tagen in ihrem alten Zimmer auf dem Hof in Tarp. Wenn sie sich spätabends in einem anonymen Marmorbad irgendwo auf der Welt abschminkte, sehnte sich Oleanna danach, ihren Hund Poppi knuddeln zu können. Sie war sich allerdings nicht sicher, ob Poppi sie wieder erkennen würde.

»Branko!«, brüllte Gregor seinem rothaarigen Assistenten zu, der darob eiligst angehuscht kam. »Wo sind die verschissenen Polaroids? Ich *erwarte*, dass du mir in unerwünschten Unterbrechungen wie diesen *sofort* das Material für die nächste Sequenz bringst! Ich stehe hier nicht tatenlos im Schatten herum. Hast du eigentlich eine beschissene Ahnung, wie viel jede Minute meiner Zeit kostet? Menschen wie ich tun niemals *nichts*! Also: Bring! Mir! Die! Verkackten! Polaroids!«
Branko raste zum an der Straße abgestellten Van, als hinge sein Leben davon ab.
Oleanna war Gregors Auftritt peinlich. Was für eine gestörte Persönlichkeit musste man haben, wenn man in fünf Sätzen drei verschiedene Worte für menschliche Fäkalien einfügte? Er war, im wahrsten Sinne des Wortes, ein Scheißkerl. Und dieser Scheißkerl warf sein

Licht leider auch auf sie. Für die Schaulustigen, die sich hinter der weiträumigen Absperrung drängten, waren sie alle – Gregor, Branko, Oleanna – eine Einheit. Wenn sich auch nur einer von ihnen wie ein Widerling aufführte, wäre das für die Zaungäste ein zweifelsfreier Beweis, dass sie alle, das gesamte Team, eine Horde von Großkotzen und Snobs waren. Oleanna wusste, dass es Gregor gleichgültig war, was *das Pack*, wie er alle »Nicht-Kreativen« nannte, über ihn dachte. Aber Oleanna war nicht so abgestumpft, dass sie keinen Wert mehr auf die Meinung der restlichen Welt legte.

Sie musterte die Menschen hinter dem rot-weiß gestreiften Plastikband. Sie alle sahen sie, den Model-Superstar, an. Oleanna lächelte ihnen freundlich zu. Ihr Blick wanderte die Menschenreihe entlang und blieb dann bei einem Paar hängen, das auf einer Bank saß und Eis schleckte. Eine junge Frau, deren Übergewicht sich im zweistelligen Kilo-Bereich bewegte, und ihr Freund, ein durchtrainierter, südländisch anmutender Typ, der ihr den Arm um die Schulter gelegt hatte. Auch diese beiden schauten zu Oleanna hinüber – doch als Oleanna ihnen zulächelte, lächelten sie nicht zurück. Sie zeigten keine der üblichen erfreuten, nervösen oder aufgeregten Reaktionen, die Oleannas Aufmerksamkeit sonst zur Folge hatte. Die dicke Frau und ihr erstaunlich attraktiver Freund sahen sie bloß an.

Obwohl ...

Nein! Sie sahen sie noch nicht einmal an! Oleanna

musste erstaunt erkennen, dass die beiden durch sie *hindurch*schauten. Sie schien ihnen nicht wichtig genug zu sein, um ihren Blick ernsthaft zu justieren. Nicht einmal die Verachtung, die Oleanna manchmal von Leuten entgegenschlug, die es verwerflich fanden, dass man durch bloße Schönheit zur Millionärin werden konnte, war im Blick der beiden zu entdecken. Und auch nicht das Amüsement, das manche Leute über die vermeintlich komplett unterbelichtete Brut der Models an den Tag zu legen pflegten. Nein, für diese beiden dort auf der Bank war sie offenbar völlig irrelevant. Als ob das drittteuerste Model der Welt, eine der offiziell schönsten Frauen des Universums, ihnen bloß als lästiges Hindernis beim Ausblick auf die malerische Alster im Wege stünde.
Es versetzte Oleanna einen Stich in die Brust. Und mit Entsetzen registrierte sie ein Gefühl, das sie schon lange nicht mehr gespürt hatte: Neid. Sie beneidete die Frau auf der Bank! Die war nicht schön, eher das Gegenteil, sie war mehr als mollig und mampfte trotzdem drei Kugeln sahniges Speiseeis, deren addierte Kalorienzahl Oleannas Fitnesstrainer, Ernährungsberaterin und Agenten ein angstvolles Keuchen in die Kehle getrieben hätte. Und sie fühlte sich wohl dabei, hielt es nicht für erstrebenswert, rank und schlank zu sein, sah im Sexappeal des Models nichts Beneidenswertes. Denn die Frau auf der Bank wurde geliebt. So, wie sie war. Die Frau auf der Bank hatte jemanden, an den sie sich anlehnen konnte, der ihr so viel Sicherheit, Gebor-

genheit und Selbstvertrauen gab, dass sie einen Scheiß auf ihre Pfunde gab, dass sie einfach so dasitzen konnte, völlig zufrieden, und nicht einmal mit einem Hauch von Interesse auf die Überdosis Schönheit und Grazie blickte, die Oleanna verkörperte.

Oleanna war eines der wenigen Models, die weder bulimisch noch magersüchtig waren, sondern sich jeden Tag aufs Neue unter Aufwendung aller Willenskraft zum Verzicht auf Genuss zwingen mussten. Es gab Tage, da hätte Oleanna für einen Schokoriegel oder ein Stück Schwarzwälder Kirschtorte töten können – und trank dann doch bloß eine Flasche Wasser. Jetzt aber sah sie da eine Frau sitzen, die mampfte, wie sie lustig war, die entsprechend aus dem Leim ging und die dennoch das hatte, was der perfekt in Form gehungerten Oleanna auf der Welt am meisten fehlte: jemanden, der einen Arm um ihre Schulter legte.

Natürlich gab es mehr als genug Leute, die Oleanna nur zu gerne versicherten, wie wunderbar sie war – sie hatte Fans, Angestellte, Berater, Kollegen. Aber sie hatte keine Freunde. Nicht einen einzigen. Um sie herum tummelten sich Charmeure, Schleimer, Wichser, Kokser, Betrüger, Parasiten und Lügner. Niemand, der einfach nur tat, was er tun wollte, und niemand, der aufrichtig sagte, was er dachte. Oleanna war sich nicht einmal sicher, ob vielen der Schönen und Reichen oder doch zumindest Kreativen, mit denen sie jeden Tag zu tun hatte, das Konzept des Denkens überhaupt geläufig war. Und so gab es in Oleannas Welt nicht einen einzigen Arm, den sie auf ihrer Schulter spüren wollte. Himmel, sie war vor kurzem sogar so verzweifelt auf der Suche nach ein bisschen menschlicher Wärme gewesen, dass sie sogar Gregor Halstroem näher als auf Anspuckweite an sich herangelassen hatte! Und nach diesem Fehlgriff und dem grotesken Verdacht, dass die jahrelangen Schwaden von Haarspray und Puder womöglich ihre Menschenkenntnis vergiftet haben könnten, stand nun die selbst gewählte Isolation. Oleanna hatte begonnen sich einzureden, dass sie eine *unabhängige* Frau war, die gut ohne all diesen Kuschelkitsch klarkäme. Doch jetzt, wo sie dieses beneidenswert selbstvergessene Paar auf der Parkbank sah, konnte sie diese Lüge vor sich selbst nicht mehr wirklich aufrechterhalten.

»Sonne!«, quietschte Branko und die zweite Assistentin rannte, eifrig bestrebt, das rare goldene Flirren am Hamburger Himmel unverzüglich einzufangen, zu ihrem Reflektor und brachte ihn in Position.
»Sabine!«, grölte Gregor und machte sich wie so oft einen Spaß daraus, Oleanna bei ihrem wahren Namen zu nennen und sie so vor dem versammelten *Pack* vom Olymp zu zerren.
Oleanna warf sich in Position, lächelte strahlend, hob den Kopf, straffte die Schultern, tat alles, was ihr gesagt wurde. Gregor knipste und knipste. Er ließ sie strammstehen, sich drehen, jede noch so absurde – aber angeblich ausgesprochen ästhetische – Haltung

annehmen. »Lächeln, Sabine! Warum haben deine Agenten dich drei Tage lang beim Zahnarzt rumsitzen lassen, wenn du jetzt nicht deine polierten Beißerchen zeigst?«
»Du weißt, was ich dir damit am liebsten abbeißen würde, oder, Gregor-Schätzchen?«, zischte Oleanna zwischen den Zähnen hervor.
Gregor, der gerade einen Assistenten vierter Klasse zusammenschiss, weil der ihm nicht rechtzeitig die 6x6-Kamera gereicht hatte, hörte Oleannas leise Kastrationsandrohung nicht. Aber Lisa, die Visagistin, gluckste leise vor sich hin und zwinkerte Oleanna verschwörerisch zu. Von Frau zu Frau. Oleanna rollte mit den Augen. *Elende Heuchlerin. Du würdest mit diesem Arschloch doch schneller in die Kiste springen, als der ›Mach dich schon mal frei‹ sagen kann!*
Während Gregor die Kamera wechselte, wanderte Oleannas Blick wieder zu dem Paar auf der Bank. Die beiden hatten ihr Eis aufgegessen und die Frau ihren Kopf ganz auf die Schulter ihres Freundes gesenkt. Sie hatte die Augen geschlossen und genoss es, wie ihr Freund ihr über das Haar strich. Es sah aus, als summe sie leise etwas vor sich hin. Während er seine Freundin liebkoste, sah der Mann Oleanna an, die unter dem nicht unfreundlichen, aber vollkommen desinteressierten Blick regelrecht zu zittern begann. Oleanna war es gewohnt, dass selbst Erstliga-Kerle, elegante Hollywoodstars und rassige Pop-Machos bei Augenkontakt mit ihr nervös zu zwinkern begannen. Doch diesen Mann – einer, der

bei aller Attraktivität dann doch nicht ganz in ihrer Spielklasse agierte – interessierte das gar nicht. Und es bestand keinerlei Zweifel daran, dass er seine mopsige Freundin niemals gegen Oleanna tauschen würde. Er hatte einen Schatz im Arm. Die Frau, die eine sechsstellige Summe für eine einzige Fotosession erhielt, war ihm dagegen nur eines nüchternen, leeren Blickes bar aller Begehrlichkeit wert.

»Ein bisschen *Seele*, Süße!«, quengelte der Rothaarige. »Oleanna-Schatz! Wo bist du mit deinen *Gedanken*? Schau *uns* an! Nicht so eine *Flunsch*! Das sind *Super*-Klamotten!«

Oleanna fragte sich einmal mehr, warum Gregor eine solch unfassbare Flitzpiepe wie Branko zu seinem Sprachrohr machen konnte.

»Du bist *glücklich* wie eine frisch gebürstete *Pudel*dame, dass du sie tragen darfst!«

Wie konnte jemand ernsthaft annehmen, einen anderen Menschen zu motivieren, indem er ihn mit einem Hund verglich? Aber vielleicht war es ja genau das, was Oleanna für sie alle verkörperte: ein Hündchen, das Männchen machte. Das man frisierte und dressierte, an der Leine führte und auf Hundeschauen präsentierte.

»*Seele*, Schätzchen! Wir brauchen *Seele*!«, quietschte Branko mit zunehmender Ungeduld.

Wuff, wuff.

Oleanna sah zur Parkbank hinüber.

Gregor ließ die Kamera sinken, da Oleannas Gesichtsausdruck völlig entgleiste und sie plötzlich aussah wie das Schrecklichste, was einem Modefotografen überhaupt nur begegnen kann: wie ein ganz normaler Mensch! »Sabine«, bellte er zu ihr hinüber. »Was ist los mit dir? Reiß dich zusammen! Ich habe keine Zeit für deine verschissenen Mätzchen!«

Das Paar lachte leise. Ob sie über die groteske Szenerie lachten, über die bis zur Künstlichkeit durchgestylte Frau, um die eine aufgeregte *Entourage* von Speichelleckern und gernegroßen Despoten herumwimmelte, oder über irgendetwas anderes, konnte Oleanna nicht erkennen. Die beiden kicherten, den Blick von Oleanna und ihrem verhassten Hofstaat abgewandt. Und dann küssten sie sich. Leidenschaftlich. Sie waren ganz allein in ihrer Welt; Oleanna, Gregor, Branko, Lisa und der Rest der Welt waren ihnen völlig schnurz.

»Oleanna!«, brüllte Gregor, und vor Aufregung vergaß er sogar, sie bei ihrem richtigen Namen zu nennen. »Oleanna! Die beschissene Sonne ist in spätestens drei Minuten wieder verschwunden.«

Oleanna betrachtete das küssende Pärchen.

»Reiß dich zusammen und mach uns die Schönheitskönigin, verdammt noch mal!«

Oleanna riss sich von dem Anblick auf der Parkbank los und wandte sich wieder zu Gregor, Branko und Lisa um – und plötzlich wusste sie, was sie wollte. Das heißt, sie wusste zumindest, was sie *nicht* wollte. Sie wollte nicht mehr der Pudel in diesem Wolfsrudel sein.

Erhaben – erhabener, als sie es je auf dem Laufsteg

gewesen war – ging sie auf Gregor zu. Mit langsamen, festen Schritten. Das Kreuz durchgedrückt, den Kopf erhoben. Und um ihre Lippen spielte der leise Hauch eines Lächelns. Ein bedrohliches Lächeln.
Branko quietschte irgendetwas. Er war verwirrt. Was sollte das? Wie konnte ein professionelles Fotomodell mitten in einer nur wenige Minuten langen Sonnenphase das Motiv verlassen? Wie konnte ein Model überhaupt eigenmächtig entscheiden, wo es hingeht? Lisa, die sonst ihre Mimik kontrollierte wie die CIA ihre Exil-Kubaner, fiel die Kinnlade herunter, und endlich sah sie einmal so dämlich aus, wie sie tatsächlich war. Und Gregor, der jetzt nur noch drei Schritte von der immer breiter grinsenden Oleanna entfernt war, hob gerade an, etwas zu sagen, als das drittteuerste Model der Welt plötzlich mit einem Riesensatz auf ihn zustürzte – und ebenso unvermutet wie unglaublich lautstark loskläffte. Sie bellte wie ein tollwütiger Hund! Der Pudel hatte die Schnauze voll!
»Wau! Wau! Wau! Grrrrrrgh!«
Gregor stolperte vor Schreck zwei, drei Schritte zurück, verhedderte sich in dem Kabel eines Scheinwerfers, strauchelte und fiel schließlich direkt in einen Rhododendronbusch. Die Zaungäste lachten herzhaft, als sich der Herr Fotograf mit zornesrotem Gesicht und Flüchen, die selbst einem minderintelligenten Zuhälter peinlich wären, aus der Botanik rappelte.
Oleanna schaute ein letztes Mal zur Bank. Hatte das wunderbare Paar, das so friedlich und glücklich mit

sich selbst lebte, wenigstens diesen Auftritt mit ihren Blicken gewürdigt?
Die Bank war leer.
Oleanna lächelte und zuckte die Achseln. Die beiden waren sicher auf dem Weg nach Hause und würden, sowie die Tür sich hinter ihnen geschlossen hatte, Liebe machen.
Gregor pöbelte etwas, doch Oleanna hörte gar nicht hin. Sie ging weiter, überschritt das rot-weiße Absperrband. Als Branko hinter ihr herkam und einen halbherzigen Versuch unternahm, sie aufzuhalten, knurrte sie ihn mit gefletschten Zähnen an. Der Assistent zuckte sichtlich zusammen und wurde rot, als die Passanten ihn auslachten. Auch Oleanna musste lachen. Sie winkte den Leuten zu, die ihr amüsiert applaudierten, und ging davon. Als Erstes würde sie sich ein Eis kaufen. Drei Kugeln. Und dann würde sie einen der Portiers im Hotel bitten, eine Zugverbindung nach Tarp herauszusuchen.

Wenn Oleanna gesehen hätte, wie sich das von ihr so bewunderte Paar kurz zuvor umständlich von der Parkbank erhoben hatte, wie die beiden ihre zusammengeklappten Blindenstöcke aus den Taschen geholt und dann mit leisem Tack-tack-tack ihren Heimweg angetreten hatten – wer weiß? Vielleicht wäre Sabine Wirth dann heute immer noch ein Topmodel.

Déjà vu

Der Regen kam völlig unerwartet. Eben noch hatte die Sonne geschienen, kaum ein Wölkchen war am Himmel zu sehen gewesen. Dann waren jedoch blitzschnell, ohne dass man wusste woher, dunkle Streifen am Himmel aufgetaucht, und nicht mal eine Minute später hatte es sintflutartig zu schütten begonnen.
Fabian sprang hastig von der Bank, hielt sich die Zeitung, die er eben noch gelesen hatte, über den Kopf und tat, was auch alle anderen taten: Er suchte sich einen Unterschlupf.
Die Auswahl an trockenen Plätzen war an der Außenalster jedoch gering. Der eine oder andere Baum bot leidlichen Schutz, man konnte sich ein Stück weiter in das italienische Restaurant retten oder über die Straße in Richtung City laufen, wo diverse Hauseingänge Regenasyl bieten würden. Fabian aber zog es vor, keinen Schritt weiter als nötig zu flüchten und statt völlig durchweichter Klamotten lieber den unpopulärsten aller Unterstände zu wählen: das Toilettenhäuschen

neben dem Bootsanleger. Ein kleines Vordach bot genug Platz für vier oder fünf Leute. Doch weil man als Preis für die Trockenheit den Mief in Kauf nehmen musste, der durch das Kippfenster vom Pissoir nach draußen zog, war Fabian der Einzige, der sich hierher rettete.

Er nahm die pitschnasse Zeitung, die sich binnen Sekunden dermaßen voller Wasser gesogen hatte, dass sie Fabians Haar mit Tropfen flüssiger Druckerschwärze einzufärben begonnen hatte, und warf sie in den Papierkorb neben sich. Dann schüttelte er sich und zog an seinem nassen Hemd. Es löste sich mit einem leisen Schmatzgeräusch von der Haut.

Fabian atmete tief aus und fragte sich gerade, wie lange dieser Regenguss wohl dauern würde, als sein Blick noch einmal zurück zur Parkbank wanderte. Und auf der stand, verdammt, sein Rucksack! In der Eile hatte Fabian völlig vergessen ihn mitzunehmen.

Seufzend rannte er also wieder durch die prasselnden Wassermassen, diesmal sogar ohne den bescheidenen Schutz der Zeitung, schnappte sich den triefend nassen Rucksack und lief so schnell wie möglich wieder zum Toilettenhäuschen. Beim Rennen kniff er die Augen zu, weil ihm der Regen direkt ins Gesicht peitschte. Es war ein kalter Regen, ein unangenehmer Frühlingsschauer.

Als Fabian wieder unter dem Dach des Toilettenhäuschens stand, sich mit der Hand durch das Gesicht fuhr und langsam wieder seine volle Sehfähigkeit zurück-

gewann, bemerkte er, dass er nicht mehr allein war. Neben ihm stand eine Frau.
»Scheißwetter«, sagte sie. »So viel zum Thema Frühling in Hamburg.« Sie lächelte.
Normalerweise war Fabian nie um ein Wort verlegen. Ganz im Gegenteil: Er war ein Ausbund an Schlagfertigkeit und Charme. Doch unerklärlicherweise gelang ihm diesmal nur ein zustimmendes, stummes Nicken. Irgendetwas war mit dieser Frau ...
Sie war etwa Anfang vierzig. Schlank. Ihr Haar, das sie schulterlang trug, war von einem dunklen Brünett, aber vielleicht sah es normalerweise, wenn es nicht wassertriefend von ihrem Kopf herabhing, heller aus. Sie trug eine schwarze, schlichte Jeans, Turnschuhe, ein graues Sweatshirt. Sie war, sofern Fabian das beurteilen konnte, kaum geschminkt. Nur um ihre Augen herum hatte sich ein dünner Strich Eyeliner aufzulösen begonnen. Und, ja – es waren die Augen. Irgendetwas in diesen Augen erschien Fabian seltsam vertraut ... Er bekam eine Gänsehaut, und die verdankte er nicht nur der nassen Kälte.
Wer zum Teufel ist das? Schon lange hatte Fabian keine Frau mehr dermaßen anziehend gefunden. Es war eine Anziehung in allerwörtlichstem Sinne: Als ob sie ein Magnet wäre. Der Sog, der von ihr ausging, beruhte nicht auf bloßen Äußerlichkeiten. Es war ein undefinierbares Knistern und Knacken zwischen ihnen, ein Säuseln. So, als ob sie zu ihm gehörte. Als ob sie ihn rief.

Aber das ist doch albern!
Liebe auf den ersten Blick?
Blödsinn!
Wahrscheinlicher war vielmehr, dass er sie von irgendwoher kannte. Dass er sich an sie erinnerte. Nur eben nicht mit seinem Gedächtnis, sondern mit seinen Sinnen.
Fabian kramte in seinen Erinnerungen, wo ihm diese Frau schon mal begegnet sein könnte. Doch es fiel ihm ums Verrecken nichts ein.
»So ein schöner Anblick bin ich nun auch wieder nicht«, lachte die Frau plötzlich und schreckte Fabian aus seinen Gedanken auf.
Oh Gott! Er zuckte zusammen. Hatte er sie etwa die ganze Zeit angestarrt? Er hatte. Wahrscheinlich mit dämlich halb geöffnetem Mund geglotzt und geglotzt und es nicht mal bemerkt.
»Entschuldigung«, sagte Fabian. »Es ist nur ... Kennen wir uns nicht irgendwoher?«
»Kennen?« Die Frau grinste. »*Kennen* ist ein großes Wort. Wer kennt schon wirklich jemand anderen? Nein, ich glaube nicht, dass wir uns je gekannt haben.«
Fabian war verwirrt.
»Aber«, hakte er nach, »wir sind uns schon mal begegnet?«
»Ja«, sagte die Frau. Und ihr Lächeln ließ ein wenig nach. »Wir sind uns schon mal begegnet.«
Fabian wartete, dass sie weitersprach. Doch sie machte keinerlei Anstalten, fortzufahren. Erst nach einer lan-

gen, irritierenden Minute, in der sie sich schweigend angeschaut hatten, fragte er: »Wo denn? Und wann?«
»Denk nach, Fabian«, sagte sie. »Und fang ganz früh an.«
Das war doch völlig verrückt! Mitten in diesem sintflutartigen Regen forderte eine Frau, die ihren Namen nicht verraten wollte, ihn auf, sein Leben zu rekapitulieren – und er tat es!
Die ersten zehn der 43 Jahre konnte er getrost überspringen. Da würde er sie ganz sicher nicht finden. Und Fabian war nun dermaßen versessen darauf, zu erfahren, an welchem Punkt seines Lebens er dieser erstaunlichen Frau schon mal begegnet war, dass er das absurde Spielchen tatsächlich mitspielte.
»Also, lass mich überlegen ...« Eigentlich war es auch gar nicht schlimm. Im Gegenteil: Es war irgendwie sehr nett. Fabian erinnerte sich plötzlich an Dinge, die er völlig vergessen hatte, sprach plötzlich aus, woran er seit Jahren nicht mehr gedacht hatte. »Wir waren wahrscheinlich nicht zusammen in der Schule, oder?«
Sie lachte. »Nein.«
Fabian rekapitulierte seine Ausbildung ... Feten ... Rockfestivals ... Urlaube. Alles, wo diese Frau aufkreuzen könnte. Und dabei sah er sie die ganze Zeit an. Sie, die ihn amüsiert ansah und immer wieder lächelnd den Kopf schüttelte.
Wow!
Sie war toll!

Fabian, der sich stets gut zu verkaufen verstand, ertappte sich dabei, dass er sich bei seinen autobiografischen Erzählungen immer weniger ins rechte Licht zu rücken begann. Das war nicht nötig. Es war unglaublich, wie sicher und unendlich wohl er sich in ihrer Nähe fühlte. Er wurde ihr gegenüber immer ehrlicher. Ehrlicher, als er es seit Jahren zu jemandem gewesen war. Wenn er zu Constanze so ehrlich gewesen wäre, hätte sie ihn vielleicht nie verlassen. *Ich komme nicht durch zu dir*, hatte sie damals gesagt, Tränen in den Augen und den Schlüssel des Umzugstransporters in der Hand. *Ich finde dich nicht.*

»Also«, sagte die Frau irgendwann. »Dann bist du also nach Würzburg gezogen.«
»Zwei lange, qualvolle Jahre«, bestätigte Fabian. »Es war ein Job, den ich nicht ausschlagen konnte. Aber diese Stadt machte mich mürbe. Ich hab mich noch nie so allein gefühlt. Und irgendwann habe ich es nicht mehr ausgehalten. Da war ich ... lass mich überlegen ... 27.«
»Und als du zurück nach Hamburg kamst ...«
»... waren nicht mehr alle Freunde da. Ich hatte meine Freundschaften nicht gepflegt. Einige meiner alten Kumpel waren, so wie ich, weggezogen. Andere hatten geheiratet, Kinder bekommen, ein neues Leben begonnen ...«
»Und?«
»Und ich musste mir etwas Neues aufbauen. Neue Leute

treffen. Andere Welten. Ich zog durch die Kneipen und Clubs und ...« Er schluckte.

Oh mein Gott!

Es traf Fabian wie ein Faustschlag.

Die Frau lächelte. Ihre Augen blitzten erwartungsvoll.

»Birgit?«

Die Frau grinste. »Hallo, Fabian.«

»Oh mein Gott!«, rief er. »*Birgit!* Ich hätte dich gleich erkennen müssen! Ich ...«

»Ich schätze, mit dem Du-hast-Dich-überhaupt-nicht-verändert-Kompliment kommst du jetzt nicht mehr durch«, grinste sie.

Fabian war sprachlos. Er merkte, dass er wieder seine Kinnlade hatte fallen lassen. Immer wenn er erstaunt war oder konzentriert nachdachte, glich er einem geistig minderbemittelten Karpfen. Er hasste das. Schnell schloss er den Mund.

»Der Regen hat aufgehört«, sagte Birgit. »Vor etwa einer Viertelstunde schon, übrigens.« Und plötzlich drehte sie sich um, verschwand in der Toilette und tauchte zwanzig Sekunden später wieder auf, eine Rolle Klopapier in der Hand. Sie verließ den Unterstand, ging zur Bank, auf der Fabian vorher gesessen hatte, und rieb sie mit dem Papier trocken. Fabian, der für einen kurzen Moment befürchtet hatte, sie würde einfach gehen und ihn allein zurücklassen, schnappte sich erleichtert seinen Rucksack und folgte ihr.

So saßen sie also da und sahen auf die Alster. Die wiedererwachte Sonne spiegelte sich in den Pfützen zu ihren Füßen. Eine ganze Weile sagten sie beide nichts. Und es war keineswegs ein unangenehmes Schweigen. Fabian erinnerte sich: Mit Birgit war es ebenso einfach zu schweigen wie zu reden.

Er hatte Birgit im *Kaiserkeller* kennen gelernt, einer Diskothek an der Großen Freiheit. Sie war allein da gewesen. Ungewöhnlich für eine Frau, fand Fabian. Sie hatte ihre Haare damals hennarot gefärbt. Mit einem leicht überheblichen »Und? Spielst du Billard?« auf den Lippen war er auf sie zugegangen – und hatte ihr nach drei Partien, die Birgit allesamt problemlos gewann, ein Bier ausgegeben. Sie hatte damals Philosophie studiert, und Fabian, der immer ein Büchernarr gewesen war, hatte sich nur zu gerne als ein Bewunderer von Ludwig Marcuse geoutet. Doch Birgit hielt Marcuse für einen arroganten Blender ... Sie hatten geredet und geredet, bis irgendwann die Musik aus- und das Licht anging. Als sie dann um fünf Uhr morgens auf die Straße getreten waren, die Köpfe schwer von Rauch und Alkohol, hatte er sie erwartungsvoll angesehen. »Und jetzt?«
»Jetzt gebe ich dir meine Telefonnummer«, lachte sie. »Wunder dich nicht, wenn sich jemand anders am Telefon meldet. Ich wohne in einer WG.«
Das hatte Fabian als eindeutigen Hinweis verstanden: »Ich habe eine eigene Wohnung.« Und als sie nicht reagierte, nachgesetzt: »Wir können zu mir gehen.«

Doch Birgit hatte verneint. Ihr Freund würde morgen zum Frühstück kommen.
Ihr Freund!

Sie hatten sich danach oft getroffen. Sie waren ins Kino gegangen, in Restaurants, in Ausstellungen. Sie hatten über Gott und die Welt geredet. Und eines Tages, als sie in der Kunsthalle an einer Wand mit Max-Ernst-Skizzen entlangschlenderten, hatte Birgit plötzlich Fabians Hand genommen. Die unerwartete Körperlichkeit hatte ihn durchzuckt wie ein Stromschlag. Es war nur simples Händchenhalten, doch Fabian hatte sich bislang darauf einzustellen versucht, dass seine Freundschaft mit Birgit platonisch bliebe. Sie hatte einen Freund. Und obwohl sie kaum über ihn sprach, wusste Fabian immerhin, dass er gut aussehend war, smart und liebevoll. Nichts – so sehr er auch eine Botschaft zwischen den Zeilen suchte – hatte darauf hingewiesen, dass Birgit und ihr Freund vielleicht eine Krise hätten. Und doch hatte sie seine Hand genommen! Sie hatte ihn berührt! Und als er sich überrascht zu ihr umdrehte, hatte sie ihm in die Augen geschaut. Und genickt. Und Fabian hatte alle Skepsis und Bedenken vergessen und ... sie geküsst! Sie hatten sich leidenschaftlich geküsst. Gierig, unermüdlich. Birgit hatte ihn gegen die Wand gepresst, direkt neben die Max-Ernst-Skizzen, hatte sich an ihn gedrückt, mit seiner Zunge gespielt. Fabian hatte ihren Körper ertastet, sie regelrecht begrabbelt, endlich! Und erst als ein empör-

ter Museumswächter sie zum Verlassen des Gebäudes aufforderte, hatten sich ihre Münder und Leiber voneinander gelöst.
Nicht einmal eine Stunde später hatten sie in Fabians Bett gelegen. Es war rauschender, grandioser Sex! Am Ende war Fabian eingeschlafen. Und als er erwachte, war Birgit verschwunden.
Er hatte gewusst, dass sie am nächsten Tag in Urlaub fahren wollte. Und das war gut so. Sie würden beide die Zeit brauchen, um nachzudenken. Vielleicht würde sie mit ihrem Freund noch während der Ferien Schluss machen? Vielleicht würde sie ihm alles beichten, sich aussprechen, die Konsequenzen ziehen? Doch dann war zehn Tage später eine Ansichtskarte aus Portugal gekommen. *Es geht uns prima*, hatte Birgit geschrieben, *es ist ein Superurlaub. Viele Grüße auch von Ralph, unbekannterweise.* Fabian hatte Birgit nie wieder angerufen. Sie hatte nach ihrer Rückkehr eine Nachricht auf seinem Anrufbeantworter hinterlassen, die er jedoch ignorierte. Danach hatte auch sie sich nie wieder gemeldet. Die ganze gescheiterte Romanze hatte – den Portugal-Urlaub nicht mitgerechnet – nur knappe fünf Wochen gedauert.
Das war jetzt sechzehn Jahre her.

»Weißt du, ich hatte nicht gedacht, dass du der Typ für dieses alte Klischee bist«, sagte Birgit nun. Und ihr Lächeln war verschwunden.
»Welches Klischee?«, fragte Fabian.

»Das Klischee, dass Männer einfach abhauen, wenn sie bekommen haben, was sie wollten.«
»So war das aber nicht!«, verteidigte sich Fabian.
»Doch«, sagte Birgit. »Genau so war das.«
»Weißt du, warum ich mich nicht mehr gemeldet habe?«, fragte Fabian. »Weil ich ernsthaft angefangen hatte, mich in dich zu verlieben. Und ich ertrug es nicht, wie es war. Dein Gelegenheits-Lover zu sein war mir zu wenig. Das hätte mich zerfressen.«
Birgit sah ihn lange an. »Vielleicht hätte ich Ralph für dich verlassen«, sagte sie schließlich.
»Vielleicht«, sagte Fabian. »Aber selbst wenn ... dann hätte ich immer gewusst, dass du eine Frau bist, die fremdgeht. Und wahrscheinlich hätte ich immer Angst gehabt, dass mich irgendwann dasselbe Schicksal ereilt wie Ralph.«
Birgit lachte. »Das ist nicht dein Ernst, oder?« Es war ein bitteres Lachen.
Fabian zuckte mit den Schultern.
»Mann«, sagte Birgit. »Du hast wirklich einen Knall!«
»Ich habe viel an dich gedacht, die ersten Jahre«, sagte Fabian. »Ich habe mir oft vorgestellt, was aus uns hätte werden können.«
»Das habe ich auch getan«, sagte Birgit.

»Ich bin geschieden«, sagte Fabian nach einer kurzen Pause. »Seit zwei Jahren.«
»Kinder?«, fragte Birgit.
Fabian schüttelte den Kopf. »Und du?«

»Ich habe nie geheiratet. Nur dies und das. Nichts allzu lange«, sagte Birgit. »Und Ralph hat sich damals, vier Monate nach unserem Portugal-Urlaub, verkrümelt.«
Fabian schluckte.
Birgit sah ihn an. »Du hättest mich eben anrufen sollen«, sagte sie leise.
Fabian spürte, dass seine Augen feucht wurde. Es waren weder Tränen der Trauer noch Tränen des Glücks. Es war einfach nur eine Überdosis Gefühl, die nach draußen drängte.
»Ist das ...«, stammelte er. »Ist das Zufall, dass wir uns heute getroffen haben?«
»Ich glaube nicht an Zufälle«, sagte Birgit. »Aber es ist auch nicht so, dass ich dieses Treffen vorhergesehen habe. Ich bin nur hier, um meinen Sohn zu treffen.«
»Du hast einen Sohn?«, fragte Fabian. »Ich denke, du warst nie verheiratet!« Warum klang er so überrascht? Das war doch nichts Besonderes.
»Ja, ich habe einen Sohn«, lachte Birgit, die Fabians Überraschung amüsierte. »Das geht auch ohne Trauschein ... Er trainiert hier einmal die Woche im Ruderclub.« Und als hätte er nur auf seinen Einsatz gewartet, kam nun ein Junge, nein, fast schon ein junger Mann, auf dem Weg um die Ecke. Er winkte Birgit von fern zu.
»Der ist ja ganz schön alt«, staunte Fabian und biss sich gleich danach auf die Zunge. Heute befand sich sein zweiter Wohnsitz tatsächlich im Fettnäpfchen!
»Er ist fünfzehn«, lächelte Birgit.
Fabian musterte den Jungen. Er war groß für sein Alter,

athletisch. Sein blondes Haar trug er ziemlich lang. Fabian fiel die auffällig lange Nase des Jungen auf. Und seine etwas zu eng zusammenstehenden Augen. *Seltsam*, dachte Fabian. Auch der Junge kam ihm bekannt vor.

Als der Junge schließlich vor ihnen stand, begrüßte er seine Mutter mit einem Kuss auf die Wange. Den Mann neben ihr musterte er mit unverhohlener Skepsis. »Hi, *Mom*«, sagte er und ignorierte Fabian demonstrativ.

»Hallo ...« Brigit zögerte. Dann sagte sie es doch: »Hallo, *Fabian*.«

Die Nase.

Die Augen.

Und nun auch noch der Name?

Fabian dem Älteren fiel nun die Kinnlade fast auf die Schuhe.

Oh! Mein! Gott!

Konnte das wirklich wahr sein?

Er sah Birgit mit weit aufgerissenen Augen an. Fragend. Und dann sah er sie langsam nicken.

Fabian, der Junge, wusste nicht, was hier vor sich ging. Er drängte seine Mutter zum Aufbruch. »Komm schon«, sagte er. »Der Film fängt gleich an!«

»Wir wollen ins Kino«, sagte Birgit, während sie sich erhob. Dann holte sie einen Zettel und einen Kugelschreiber aus ihrer Tasche und notierte ihre Telefonnummer. Sie reichte das Papier zu Fabian, der immer noch völlig außerstande war, etwas zu sagen. »Viel-

leicht rufst du mich mal an?«, lächelte sie. »Ich habe das Gefühl, wir haben eine Menge zu besprechen.«
Fabian nickte. Und aus seinen feuchten Augen schossen nun Tränen.
Während Birgit und Fabian junior verschwanden, hörte er den Jungen noch sagen: »Was ist denn hier los, Mom? Warum flennt der Typ? Und wieso gibst du jetzt irgendwelchen wildfremden Spinnern deine Nummer?«
»Er ist nicht wildfremd«, antwortete Birgit. »Er war nur lange unterwegs.«

Verstohlene Blicke

Er beobachtete sie. Das stand völlig außer Frage. Der Mann auf der Parkbank, der ein Buch in der Hand hielt und darin zu lesen vorgab, war in Wirklichkeit voll auf sie fixiert. Regelmäßig, wenn auch nur für eine Sekunde, huschte sein Blick, der ansonsten starr auf den Seiten des Buches ruhte, in die Höhe und musterte sie. Lisa sah es aus dem Augenwinkel. Wieder und wieder blitzten seine Augen für winzige Momente zu ihr herüber.

Natürlich guckte der Kerl! War doch völlig logisch; Lisa lag barbusig auf der Wiese. Da gucken Männer eben. Es war ein heißer Tag, die Frauen auf der Liegewiese strebten nahtlose Bräune an. Es war ein Eldorado für Glotzer.

Es gab nicht viel, was Lisa an ihrem Aussehen mochte. Sie mochte weder die ihrer Ansicht nach zu breite Nase, noch ihre Augen, die keine eindeutige Farbe hatten, sondern nur ein vermeintlich seelenloses und stumpfes Graugrünwischiwaschi, und auch nicht ihr Haar, das

meilenweit vom fluffigen *Drei-Wetter-Taft*-Volumen der Fernsehwerbung entfernt war, sondern bloß in langweiligen, entsetzlich glatten Strähnen von ihrem Kopf herunterhing. Lisa fand, dass der liebe Gott sich beim Verteilen ihrer äußeren Vorzüge mächtig knauserig gezeigt hatte. Aber immerhin: Ihre Brust fand Lisa okay. Sie hatte mehr als eine Hand voll und weniger als Pamela Anderson. Feste, nicht allzu weit auseinander stehende Brüste mit angenehm kleinen Brustwarzen. Lisa fand es scheußlich, wenn Brustwarzen aussahen wie das Muttermal von Michail Gorbatschow. Sie hielt es für unwahrscheinlich, dass Männer die Glatze eines sowjetischen Staatsmannes liebkosen wollten. Nein, *sie* hatte einen guten Busen. Überhaupt: Ihr ganzer Körper war nicht wirklich übel. Feminin, aber nicht dick. Okay, ja, es wäre schön, wenn ihre Hüften nicht ganz so ausladend wären – aber als Ally-McBeal-artiges Skelett durch die Gegend zu klappern wäre auch nicht besser.
Es bedurfte eines bestimmten Handgriffs, um herauszufinden, ob es Lisa ärgern oder schmeicheln sollte, dass der Mann sie verstohlen beobachtete: Sie griff nach dem T-Shirt, dass neben ihr lag, und zog es an. Wenn er jetzt immer noch guckte, war er kein Voyeur.
Dreißig Sekunden, in denen Lisa betont desinteressiert nach Sankt Nirgendwo schaute, vergingen, bis sie bemerkte, dass er wieder von seinem Buch aufblickte. Diesmal musterte er sie sogar länger als vorher – drei,

vier Sekunden. Ein Mann, der eine bekleidete Frau länger anschaut als eine halb nackte? *Da denkt man, nichts im Leben könne einen mehr überraschen, und dann so etwas!* Lisa lächelte still in sich hinein.

Der Mann war ganz nach ihrem Geschmack: Er war in den Vierzigern, also etwa zehn Jahre älter als sie. Ein kantiger, schlanker Zeitgenosse – eines jener durchtrainierten Exemplare, die fit waren ohne zu protzen. Wahrscheinlich spielte er Squash oder Tennis. Oder Volleyball. Auf jeden Fall sah er nicht aus wie jemand, der sich mit Krafttraining abmühte. Lisa hatte nie verstanden, wie Männer es erstrebenswert finden konnten, ihren Oberkörper zu solchen Muskelbergen aufzupumpen, dass sie Gorillas glichen. Lisas vorletzter Freund Ottmar war Bodybuilder gewesen, und er erfüllte jedes Klischee, bestätigte jedes Vorurteil. Er war nicht besonders helle – und wenn er nackt vor ihr stand, eitel wie ein Pfau, und ernsthaft glaubte, sie merke nicht, dass er sich unauffällig anspannte und ins rechte Licht rückte, dann war Lisa nicht beeindruckt. Im Gegenteil: Je mehr Bizeps, Trizeps und sonstige Zeps er sich antrainierte, umso mickriger sah im Vergleich dazu seine Mannespracht aus. Ottmar glich einem riesigen Luftballon mit einem winzig kleinen Stöpsel. Lächerlich.

Der Mann auf der Bank schaute schon wieder zu Lisa herüber. Und diesmal trafen sich für den Bruchteil einer Sekunde ihre Blicke. Erschrocken zuckte der Mann zusammen und starrte flink wieder in sein Buch.

Er ist schüchtern, dachte Lisa. *Ist das nicht süß?*

Lisa hatte schon einige Männer in ihrem Leben und noch einige mehr in ihrem Bett gehabt. Manche länger, manche kürzer, manche so kurz, dass sie ihre Namen zu vergessen drohte. Aber ein wirklich schüchterner Mann war nie dabei gewesen. Aus irgendeinem Grund zog Lisa die Maulhelden und Großkotze an, die Laber-Loser und Klappcouch-Machos. Sie hatte nie begriffen, wieso. Sie war doch keine jener aufgebretzelten Tussen, die wie Freiwild durchs Mackerland streunten. Sie war nicht dumm, sie war schlagfertig und sie hatte auch keinen Psycho-Knacks. Manche Weiber hatten ja so ein Helfersyndrom. Die studierten dann Sozialpädagogik und suchten sich instinktiv immer solche Heinis aus, die einen Mutterkomplex hatten oder unbewältigte Was-weiß-ich-Traumata. Dreißigjährige Bettnässer, Jammerlappen mit eingebildeten Krankheiten oder einen dieser ekelhaften Männer, die alle sechs Wochen austickten, sich bis zur Oberkante Unterlippe voll laufen ließen, ihre Frau grün und blau prügelten und sich dann am nächsten Morgen tausendmal entschuldigten und am Ende noch getröstet werden wollten, dass sie solch kaputte Typen seien. Nein, es war wirklich nicht so, dass Lisa diese Art von Mann aufzuspüren versuchte. Sie sehnte sich aufrichtig nach einem stabilen, netten Mannsbild. Sie war keine gute Samariterin. Und sie war auch keine oberflächliche, unterwürfige Püppi, die sich von Muckis, Cabrios und der aktuellsten, sauteuren Handy-Neuheit blenden ließ. Sie war eine ganz normale Frau. Wieso gelang es ihr also nicht, einen ganz normalen Mann zu finden? Oder – und dieser Gedanke festigte sich von Monat zu Monat mehr in ihrem Kopf – vielleicht *waren* das alles ja ganz normale Männer. Vielleicht ist der Mann an sich ja tatsächlich eine erbärmliche Mixtur aus Selbstmitleid und großer Schnauze, Egomanie und Gedankenlosigkeit.

Momentan war Lisa mit einem Mann namens Lars zusammen. Es war nicht die große Liebe. Es war nicht mal Liebe. Aber es war besser als nichts. Für einen Prachtkerl wie den auf der Bank würde sie Lars allerdings ohne zu zögern sausen lassen.

Hey, sprich mich ruhig an, dachte Lisa. Und sie zauberte ein kleines Lächeln auf ihr Gesicht. *Ich bin eine Nette*, sagten ihre Augen. *Ich beiße nicht.* Doch der Mann auf der Bank starrte immer noch verkrampft in sein Buch. Seine Pupillen bewegten sich nicht. Es war offensichtlich, dass er gar nicht las. Lisa setzte ihre Brille auf. Zum einen, weil sie im Gegensatz zu vielen anderen Frauen fand, dass Brillen durchaus ein attraktives Accessoire sein können, zum anderen, weil sie herausfinden wollte, was für ein Buch der Mann in der Hand hielt. Sie kniff die Augen ein bisschen zusammen und konnte so zumindest den Namen des Autors erkennen: Will Self. Lisa, die Ildiko von Kürthy und Amelie Fried, John Grisham und auch einige Bücher von Stephen King mochte, kannte diesen Namen nicht. Aber sie war prinzipiell schon angetan davon, wenn ein Mann sich in ein anderes Druckerzeugnis vertiefte als *auto, motor, sport*.

Der Mann hatte feine graue Strähnen in seinem ansonsten dunklen Haar, was Lisa ebenso attraktiv fand wie die Tatsache, dass er keine Kette trug. Viele von Lisas Kerlen hatten Goldketten getragen. Und die meisten von ihnen hätte sie nachträglich gern damit erwürgt. *Ich muss mir wirklich einen besseren Geschmack bei Männern zulegen.*
Der Mann auf der Bank, der nun schon wieder einen kurzen, nervösen Blick zu ihr herüberwarf, wäre bestimmt gut für sie. Er war attraktiv, aber kein Schönling. Und seine dezente Kleidung – Jeans, ein modisch kariertes Hemd, *Nike*-Sportschuhe –, seine offenkundige Schüchternheit und die Tatsache, dass er ein Buch las, das auf seinem Cover weder eine halb nackte Frau noch eine Waffe oder eine Explosion zeigte, gab Anlass zu der Vermutung, dass er sowohl über einen Charakter als auch über ein Gehirn verfügte. Mit so einem Mann musste man sich vermutlich nicht jeden Abend im Fernsehen Sendungen wie *Alarm für Cobra 11 – Die Autobahnpolizei* anschauen und sexuelle Wünsche erfüllen, die in Ermangelung einer eigenen Fantasie aus Pornofilmen übernommen wurden. Lisa hatte tatsächlich mal einen Mann gekannt, der ihr, ohne dass sie es so schnell verhindern konnte, nach bestem Sexfilm-Vorbild sein Sperma ins Gesicht gespritzt hatte und dann aufrichtig verblüfft war, dass sie sich die klebrige Masse nicht wohlig stöhnend über Augen und Mund verrieb, sondern ihn angeschnauzt hatte, ob er eigentlich noch ganz dicht sei.

Der Mann auf der Bank würde so etwas vermutlich nicht tun. Der Mann auf der Bank war eher einer, der eine Frau ins Theater einlud. Und seine Urlaube verbrachte er sicher nicht dort, wo alle südländischen Kellner fließend deutsch sprachen. Lisa wollte schon immer mal nach Marokko fahren.
Komm schon!, dachte Lisa, *sprich mich an!*
Es düdelte. Der Mann auf der Bank schrak zusammen und griff dann, etwas zu hektisch, wie Lisa fand, in die kleine Ledertasche, die neben ihm auf der Bank lag. Er holte sein Handy heraus, das immer noch unermüdlich seine fiepsende Tonfolge abspulte – *Toccata und Fuge* von Johann Sebastian Bach –, drückte eine Taste, horchte kurz, sprach ein paar Worte und erhob sich dann. Bevor er ging, warf er Lisa noch einen scheuen Blick zu. Es schien so etwas wie Bedauern in seinen Augen zu liegen. Lisa lächelte ihm noch einmal zu. Doch der Mann drehte sich um und verschwand.
»Leb wohl, mein Prinz«, flüsterte Lisa leise.

Es war Abend. Viertel vor acht. Lisa drehte sich vor dem Spiegel. Sie hatte kurz mit dem Gedanken gespielt, sich so richtig in Schale zu schmeißen, vielleicht mal wieder das kleine Schwarze herauszuholen. Doch dann hatte sie sich ausgemalt, wie sie gemeinsam mit Lars ein Restaurant betrat – sie in graziler Eleganz, schick und stilvoll, er dagegen mit seiner obligaten Jeans, die an den Knien seltsam abgescheuert war, so, als würde er zu Hause aus unerklärlichen Gründen gern über den

Fußboden krabbeln. Dazu trüge er zweifelsohne eines seiner zahlreichen T-Shirts, die stets a) zu bunt und b) zu eng waren und die er dennoch jedes Mal in seine Unterhose stopfte, so dass sie sich stramm über seinen Bauchansatz spannten und ihre Begrenzung erst an dem am Gürtel befestigten Lederetui mit dem Mobiltelefon fanden.
Nein. Für so einen Mann in ein Designerkleid zu steigen war eine groteske Vorstellung. Lisa kontrollierte im Spiegel also nur den Sitz ihrer schwarzen Hose, die sich getreu der derzeitigen Mode etwas enger um ihren Po zog, als es ihr lieb war. Sie hatte die rote Seidenbluse dazu angezogen. Sie mochte das Gefühl von Seide auf ihrer Haut.
Als es klingelte, öffnete sie die Tür. Lars küsste Lisa zur Begrüßung – wie immer mit Zunge. Auf seinem T-Shirt prangte ein pinkfarbener Flamingo und die Aufschrift *Florida is a State of Mind.* Natürlich war Lars noch nie in Florida gewesen.

Als Lisa eine Viertelstunde später sah, welches Restaurant sich Lars für ihr Rendezvous ausgesucht hatte, war sie mehr als erleichtert, dass sie ihrem kurzen Impuls zur Eleganz nicht nachgegeben hatte. Lars führte sie ins *Picobello,* dessen reinlicher Name ein klarer Fall von vorsätzlicher Irreführung war. Erfahrene Gäste dieses Etablissements passten gut auf, dass sie sich mit den Ellbogen nicht auf den schmierigen Resopaltischplatten abstützten. Sie könnten sonst auf ewig festkleben. Das *Picobello* war eines der ganz wenigen italienischen Restaurants, bei deren Pizzen man sich tatsächlich nach *Iglo*-Tiefkühlprodukten zu sehnen begann. Es war mehr Pinte als Restaurant – selbst ihre Bluse erschien Lisa schon als *Overdressing*. Jedes Kleidungsstück ohne Soßenflecken wirkte hier wie Snobismus.

Lisa begriff schon bald, warum ihr derzeitiger Verehrer ausgerechnet dieses Lokal gewählt hatte: Als sie sich setzten, achtete Lars eifrig darauf, dass er den Platz mit Blick auf den Tresen ergatterte. Denn an dessen Ecke stand der Fernseher, auf dem via *Premiereworld* gerade das UEFA-Cup-Halbfinalspiel übertragen wurde! Wahrscheinlich hatte er letzte Woche, als er die Einladung zum Essen ausgesprochen hatte, vergessen, dass heute das große Spiel stattfand. Und weil er nicht absagen wollte, hatte er sich diese vermeintlich geniale Lösung ausgetüftelt: Rendezvous und Fußball zeitgleich!

Lisa erkannte schnell, dass es wenig Sinn machte, sich vor dem Abpfiff um 22.45 Uhr um ein Gespräch mit Lars zu bemühen. Nach ein paar verkrampften Floskeln zog sie also ihren Stuhl auf seine Seite und sah sich gemeinsam mit ihrem uncharmanten Begleiter das Spiel an. Immerhin war es einigermaßen spannend. Ziege schoss in der Verlängerung das entscheidende Tor.

Lars war nicht der Übelste. Klar, er war kein Romeo, sein Sinn für Romantik war ebenso unterentwickelt wie sein Modegeschmack. Und Lisa musste sich auch damit abfinden, dass man mit Lars niemals über etwas Relevantes würde sprechen könnten. Dass er Dinge unkompliziert liebte. Dass er Probleme, Sorgen und Zweifel für etwas hielt, das man entweder nicht hatte oder doch zumindest höflich für sich behielt. Lars' Lieblingsthema waren Autos. Und bei seinen Berichten über den neuen *Nissan*-Einspritzmotor schwang bedauerlicherweise mehr Leidenschaft in seiner Stimme mit als bei seinen gelegentlichen pflichtschuldigen Mitteilungen, dass er Lisa schön fände, dass er sie begehrte und – wenn er mal einen guten Tag hatte – auch liebte. Dafür war er jedoch ein sanfter Mann, kraulte ihr manchmal auf dem Sofa vor dem Fernseher gedankenverloren und ganz selbstverständlich die Füße und gab sich im Bett tatsächlich Mühe, Lisa zu befriedigen. Mitunter schaffte er es sogar. An manchen Morgen konnte er sich selbst dazu aufraffen, vor ihr aufzustehen und das Frühstück zuzubereiten. Vorausgesetzt allerdings, Lisa und er hatten am Abend zuvor nicht zu viel getrunken. Wenn Lars einen Kater hatte, besaß er die Attraktivität und Laune eines übermüdeten Warzenschweins.

Am Morgen nach dem Fußball-Date jedoch war Lars ausgesprochen fröhlich und sogar zum Bäcker gegangen, um Brötchen zu holen. Sie hatten in der Nacht zuvor ausgiebig Sex gehabt und Lars war mehr als zufrieden mit sich gewesen. So laut hatte er Lisa noch nie stöhnen gehört! Er ahnte natürlich nicht, dass im Kopf seiner Freundin der Mann von der Parkbank Einzug gehalten hatte. Es war der tolle Typ mit dem graumelierten Haar, der ihren Körper erkundet hatte. Fantasie ist eine wunderbare Gabe!

Nachdem Lars und Lisa gefrühstückt und Lisa geschickt den zaghaften Versuch eines Morgen-Quickies abgewehrt hatte, machte sich Lars auf den Weg. Es war Sonntag – da traf er sich mit seinen Kumpeln immer zum Frühschoppen. Obwohl 12 Uhr nicht wirklich dem Wort *früh* entsprach.

Lisa stand am Fenster und sah zu, wie Lars unten aus der Haustür trat. Auf dem Kopf seines T-Shirt-Flamingos klebte ein selbst aus dem zweiten Stockwerk noch unübersehbarer Klecks von der Tomatensoße, die ihn gestern aus seiner pappigen Calzone heraus angegriffen hatte. Lars stieg in sein Auto. An der hinteren Stoßstange bappte ein Aufkleber: *Wenn Sie das hier lesen können, stehen wir vermutlich im Stau.*

Lisa seufzte.

Ist das jetzt mein Leben?, dachte sie. *Hat mich die Vorsehung denn auf keiner Liste?*

Zugegeben, es war nur eine kleine Chance. Aber vielleicht war der Mann heute tatsächlich wieder im Park. Lisa beschloss, es auf einen Versuch ankommen zu lassen. Sie hatte ja ohnehin nichts anderes vor. Sie wusch sich die Haare und verhalf ihnen mit dem Lockenstab zu ein wenig Volumen, obwohl sie wusste, dass dieser Effekt nur drei, vier Stunden andauern würde. Lisa trug Shorts und eine enge weiße Bluse mit Spaghetti-Trägern. Keinen BH. Solange ihr Körper über die Schwerkraft triumphierte, würde sie das stolz unter Beweis stellen. Der bittere Sieg der Gravitation würde sie früh genug ereilen.

Als sie eine knappe Stunde später auf der Wiese lag, an exakt jenem Platz, an dem sie sich auch gestern gebräunt hatte, gab sie ihr Bestes, ihre Unruhe zu verbergen. Sie bemühte sich inständig, sich nicht allzu offensichtlich nach dem Traummann umzuschauen. Stattdessen hatte sie diesmal ein Buch mitgenommen, in dem sie demonstrativ zu lesen begann. Sie gedachte ein wenig Eindruck zu schinden und hatte sich eines der repräsentativeren Werke aus dem Regal gefischt. *Schiffsmeldungen.* Das hatte sie mal von ihrem Bruder zum Geburtstag geschenkt bekommen, bis zu diesem Tag aber noch nicht aus seiner Zellophanhülle befreit. Sie war auf Seite 17 angekommen, als sie ihn bemerkte. Er war tatsächlich gekommen! Er stand vor der Bank, unschlüssig scheinbar, ob er sich setzen sollte oder nicht. Lisa beschloss, auf ihre Würde zu pfeifen, hob den Blick, sah dem Mann direkt in die Augen und strahlte ihn unverhohlen an. *Wenn er jetzt nicht kommt,* dachte sie, *ist alles verloren!*
Und als hätte er ihre Gedanken gehört, knickte der Mann diesmal unter ihrem Blick nicht ein, sondern sah ihr in die Augen. Auch er lächelte. Ein Hauch von Lächeln nur. Unsicher. Fast unglücklich, irgendwie. Irgendwie seltsam. Doch er setzte sich nicht, sondern er

kam auf sie zu ... Er sah mächtig nervös aus, mindestens so sehr, wie Lisa sich fühlte.

»Hallo«, sagte er, als er schließlich vor ihr stand.

Lisa, die sich halb aufgerichtet hatte, blinzelte zu ihm auf. Die Sonne blendete ein wenig.

»Ich hoffe, ich störe Sie nicht«, sagte der Mann.

Lisa nahm erfreut zur Kenntnis, dass seine Stimme mit seinem Aussehen harmonierte. Eine maskuline, aber keineswegs schroffe Stimme. Tief und sanft. Glück gehabt! Denn Stimmen können ja so desillusionierend sein ... Lisa würde beispielsweise nie verstehen, wie Männer Verona Feldbusch auch dann noch sexy finden können, nachdem sie miterlebt hatten, was für Furcht erregende Frequenzen ihrem Mund zu entweichen pflegten. Doch andererseits: Lisa verstand ja sowieso kaum etwas, was Männer taten, dachten oder sagten.

»Hallo«, strahlte sie ihn an. Und gab sich alle Mühe, ihre Stimmlage so weit wie möglich vom Klang einer Frau Feldbusch entfernt zu halten.

»Ich, äh ...«, stammelte der Mann.

Ja, nun ist langsam mal gut mit süß, dachte Lisa. *Spuck's aus.*

»Das ist vielleicht etwas ungewöhnlich«, sagte er. »Aber ... Also, mein Name ist Hokner. Klaus Hokner. Ich bin Arzt. Dermatologe, um genau zu sein.«

Bingo!, freute sich Lisa. Und gleichzeitig dachte sie: *Angeber!*

»Es widerspricht eigentlich den üblichen Gepflogenheiten«, stelzte Klaus, »obgleich es nicht ausdrücklich untersagt ist …«

Mann, dachte Lisa. *Der Kerl redet wie ein Behördenformular.*

»Ich habe lange gezögert, ob ich Sie ansprechen soll – das, *ähem,* haben Sie ja vielleicht bemerkt. Ich habe mich gestern einfach nicht überwinden können. Doch es ließ mir keine Ruhe. Und ich freue mich sehr, dass ich sie heute wiedersehe. Ich, *äh,* hätte es sicher bereut, nichts gesagt zu haben.«

Gottogott, dachte Lisa. *Was für ein Monolog.*

»Also, ich will sie wirklich nicht unnötig alarmieren«, fuhr Dr. Klaus Hokner fort, »aber ich habe da auf ihrem Oberarm einen Leberfleck bemerkt, der etwas … nun ja, beunruhigend aussieht …«

Was?

»Also, wie gesagt … ich kann natürlich so aus bloßem Blick heraus keine Diagnose abgeben, aber ich würde Ihnen raten, einmal einen Dermatologen aufzusuchen. Dieser Leberfleck …«, er zeigte auf jenen etwa zweieurogroßen, dunklen Knubbel auf ihrem rechten Arm, der Lisa schon immer etwas gestört hatte, »nun … er könnte ein Anzeichen für … nun ja …«

»Was?«, zischte Lisa, die es nun mit der Angst zu tun bekam.

»Nun, wie gesagt: Es müsste zuerst im Labor verifiziert werden, und es kann ja durchaus sein, dass ich mich täusche, aber …«

»Was?«, rief Lisa.

»Es könnte ein Anzeichen von Hautkrebs sein«, sagte der Arzt leise. »Ich habe sie deshalb angesprochen, weil, nun ja ... es könnte, falls sich meine Befürchtung bestätigt, immerhin durchaus sein, dass sich die Erkrankung noch im heilbaren Stadium befindet.«
Lisa starrte den Mann an. Fassungslos. Sie begriff noch nicht wirklich, was da vorging. War das die perverseste Anmache aller Zeiten? Oder ... Hat er eben tatsächlich gesagt, dass ... Krebs? *Oh mein Gott!*
»Es tut mir Leid«, sagte Dr. Hokner und blickte zu Boden. »Aber ich denke, es war in Ihrem eigenen Interesse, dass ich Sie darauf hingewiesen habe. Sie sollten wirklich einen Arzt aufsuchen.«
Lisa sagte nichts. Sie stand unter Schock.
»Es tut mir wirklich Leid«, beteuerte der Mann noch einmal. Und dann drehte er sich langsam um und ging davon.
Lisa sah ihm nicht hinterher. Sie starrte ins Leere. Und langsam, ganz langsam, begann sie zu begreifen, was da eben geschehen war.
In ihren Augen bildeten sich erste Tränen.

Genau drei Wochen später saß Lisa im Sprechzimmer von Prof. Dr. Ludewig. Er war der Onkologe, an den der Hautarzt sie überwiesen hatte, nachdem die Tests den schrecklichen Verdacht bestätigt hatten: Lisa hatte Hautkrebs.
»Die *gute* Nachricht«, sagte der Professor, während er in einer Mappe mit Zetteln, Laborberichten und Com-

puterausdrucken blätterte, »ist, dass es eine gute Heilungschance gibt.«

Lisa sah den Arzt an. Sagte er so etwas zu all seinen Patienten?

»Die Erkrankung befindet sich in einem relativ frühen Stadium, die Metastasen haben sich noch nicht weit ausgebreitet.«

Lisa hatte in den letzten Tagen Bücher über Krebs gelesen. Das Wort Metastasen – der Gedanke, dass sich in ihr todbringende Wucherungen vermehrten wie Insekten auf verdorbenem Fleisch – machte sie fast wahnsinnig. Sie wollte schreien! Sie wollte sich den Arm aufreißen! Die giftigen Eindringlinge in ihrem System, die sie sich wie gierige, wimmelnde Maden vorstellte, einfach herausreißen! Lisa hatte in den Nächten seit der ersten Diagnose kaum noch geschlafen. Und wenn sie doch mal weggedöst war, war sie kurz darauf wieder erwacht. Schreiend und schwitzend. Sie war erschöpft. Sie fühlte sich unsagbar schwach.

»Mit einer leichten Chemotherapie«, fuhr der Professor, den Lisa bloß wie durch einen Nebelschleier sah und hörte, fort, »haben wir sehr – ich betone: *sehr!* – gute Chancen, Ihren Krebs zu besiegen.«

»Sie meinen ...«, flüsterte sie. »Sie meinen, ich muss nicht sterben?«

Der Professor räusperte sich. »Sie werden sicher verstehen, dass ich keine Versprechen machen kann. Derlei Krankheiten sind unberechenbar«, sagte er. »Aber: Ja. Ich glaube, wir werden Sie wieder gesund machen

können. Es wird hart für Sie werden, eine schmerzhafte Zeit, eine Quälerei. Doch ich bin sehr optimistisch.«
Lisa gelang das erste zaghafte, nervöse Lächeln seit drei Wochen.
»Ich wünschte«, sagte der Professor «ich hätte mehr Patienten, die ihre Krankheit so verhältnismäßig früh entdecken wie Sie. Es ist Ihr großes Glück, dass Sie so wachsam waren.«
Lisa schwieg. Sie ließ es sacken, was sie eben gehört hatte. Wer war wachsam gewesen? Sie? Und dann dämmerte es ihr. Sie begriff es in ganzer Konsequenz: Der Mann auf der Parkbank hatte ihr wahrscheinlich das Leben gerettet. Doktor Klaus Hokner, der durchtrainierte Kerl mit den attraktiven grauen Strähnen, hatte mehr für sie getan, als je ein Mann zuvor: Er hatte sich um sie gesorgt.
Lisa spürte eine Dankbarkeit, wie sie sie nie zuvor gekannt hatte. Und sie schöpfte Hoffnung. Eine Welt, in der wildfremde Männer sich um einen sorgen, musste einfach eine Welt sein, die noch einige Überraschungen bereithielt. *Schöne* Überraschungen, das nächste Mal.

Zweimal Fabian

Fabian bearbeitete mit mahlenden Kiefern unermüdlich seinen Kaugummi und hatte einen betont genervten Gesichtsausdruck aufgesetzt. »Also«, brummelte er, »wie soll ich dich nennen: Papi? Oder Daddy? Oder einfach nur *Typ*? Schließlich bist du das für mich: irgendein Typ.«

»Nenn mich doch Fabian«, schlug Fabian, der ältere, vor und schluckte. Er hatte gewusst, dass es schwer werden würde. Aber bereits der Beginn dieses Treffens entpuppte sich als weitaus katastrophaler, als er es befürchtet hatte. Sein Sohn hasste ihn!

»Nee. Ich kann dich nicht Fabian nennen. Das wäre ja, als ob ich mit mir selbst rede«, knurrte der junge Fabian. »Weißte was: Ich nenne dich *Senior*. Das ist doch Höflich-Deutsch für *Alter*, oder?« Er grinste gehässig.

Fabian senior versuchte ruhig zu bleiben. Es war völlig verständlich, dass sein Sohn auf Angriffskurs ging: Bis vor drei Tagen hatte er rein gar nichts über seinen Vater gewusst.

Birgit hatte ihrem Sohn immer erzählt, er sei bei einem One-Night-Stand gezeugt worden, bei einem unbedeutenden Intermezzo mit irgendeinem Mann. Dieser Mann wüsste gar nicht, dass er Vater geworden sei – und sie plane auch nicht, es ihm jemals mitzuteilen.
Fabian hatte schon sehr früh die stolze, selbstbewusste und unabhängige Seite seiner Mutter kennen gelernt: Sie hatte ihrem Sohn erklärt, dass sie ihn allein großziehen und niemals eine Einmischung dulden würde. Lieber würde sie auf die finanzielle Unterstützung verzichten, als »irgendeinen Mann, der sich eigentlich gar nicht für uns interessiert«, an der Erziehung ihres geliebten Kindes zu beteiligen.
»Wenn mein Papa so doof ist, warum hast du mir dann seinen Namen gegeben?«, hatte Fabian als Achtjähriger einmal gefragt.
»Er ist nicht doof«, hatte seine Mutter geantwortet. »Er ist sogar ein guter Typ. Aber er liebt mich nicht. Er hat ein anderes Leben. Und ich will dich nicht mit jemandem teilen, der mich nicht liebt.« Natürlich war das eine verwirrende, schockierende Information für einen kleinen Jungen; aber inzwischen war Fabian sich sicher, dass es die deutlichen Worte seiner Mutter waren, die Tatsache, dass sie ihn immer wie einen kleinen, klugen Erwachsenen behandelt hatte, die ihn zu jener starken Persönlichkeit gemacht hatten, die er heute war. Fabian war ebenso stolz und kämpferisch wie seine Mutter. Aber trotzdem war er auch nur ein Mensch. Und nachdem er ohne jede Vorwarnung mit einem

auf einer Parkbank sitzenden heulenden Unbekannten konfrontiert worden war und sich jetzt, gerade mal drei Tage später, mit seinem *Vater* anfreunden sollte, war er hin- und hergerissen zwischen Wut und Verwirrung, zwischen aufgeregtem Herzklopfen und ganz einfacher Angst. Es gab so viele Fragen, die er seinem Vater gern stellen würde, die er aber dennoch für sich behielt. Ein Teil von Fabian wollte auf diesen wildfremden Mann zustürmen, ihn umarmen, ihn drücken und sich einfach nur von ihm festhalten lassen. Ein anderer Teil hätte am liebsten den Baseballschläger aus dem Schrank geholt und wieder und wieder auf diesen Kerl eingeschlagen. Im Rhythmus der Schläge hätte Fabian gern geschrien: »*Wo! Bist! Du! All! Die! Jahre! Gewesen?* Wo warst du, als ich einen Vater gebraucht habe? Einen, der mir hilft und sagt, wie das so läuft, dieses Leben? Wo warst du, als ich einen Kumpel brauchte?«

Die beiden Fabians saßen nebeneinander auf jener Bank, an der sie sich das erste Mal gesehen hatten. Drei Tage war es erst her. Es war ein bizarrer Zufall gewesen. Und auch Fabian, der ältere, wusste noch immer nicht, wie er damit umgehen sollte. Neben ihm saß sein Sohn. Sein *Sohn!*

Einen Tag zuvor hatte er Birgit, die Mutter, wieder getroffen. Sie hatten sich in einer Kneipe verabredet und bis in die frühen Morgenstunden geredet. Es war leichter gewesen als erwartet, die damaligen Ereignisse zu

rekapitulieren – und umso komplizierter, die neue Situation zu klären. Und die Tatsache, dass es sofort wieder zwischen ihnen gefunkt hatte, als sie sich klatschnass im Regen begegnet waren, machte die Situation noch schwieriger.
Fabian, der eigentlich nicht der romantische Typ war, begann tatsächlich zu glauben, dass Birgit die einzig wirklich wahre Frau für ihn war. Die, die für ihn vorherbestimmt war. Und er hasste sich dafür, dass er sich diese einmalige Chance damals durch die Finger hatte gleiten lassen.
»Ich verstehe nicht, wie ich so dumm sein konnte«, sagte er mehr als einmal und sah Birgit Hilfe suchend und schuldbewusst an. Die hatte auch einen Kloß im Hals. *Warum habe ich ihn damals nicht noch einmal angerufen?*, fragte sie sich. *Warum musste ich so sehr die starke und unabhängige Frau markieren?* »Ich denke«, sagte sie, »du bist nicht der Einzige, der ein bisschen dumm war. Wir ... wir haben beide Fehler gemacht.«
»Das kannst du laut sagen. Birgit, verdammt – natürlich war ich ein Idiot. Ein Riesenidiot wahrscheinlich. Aber warum hast du mir nie gesagt, dass ich einen Sohn habe?« In Fabians Augen hatte Birgit ihn, sich und vor allen Dingen ihren Sohn um eine große Chance betrogen: die Chance auf eine richtige Familie. Irgendwann im Laufe des Abends war es dann aus Birgit herausgeplatzt: Ja, Fabian hatte Recht. Wahrscheinlich hatten ihre allzu hehren Prinzipien ihrem Sohn eine Menge Liebe vorenthalten. Und sich selbst wahrschein-

lich auch – denn in diesem Mann, den sie 16 Jahre lang nicht gesehen hatte, steckte Liebe, und zwar jede Menge. Sie hatte es sofort gespürt, als sie ihn wiedersah. Liebe. Nicht nur für sie, sondern auch für sein Kind. Er wollte alles über Fabian junior wissen. Alles! Und sosehr es ihn auch ängstigte – er brannte darauf, ihn kennen zu lernen. »Wir haben beide Fehler gemacht«, sagte sie zum Abschied. »Aber damit ist jetzt Schluss!«

Und jetzt saß Vater Fabian da, neben seinem Sohn, der seine Augen halb unter der Baseballkappe verborgen hielt, der beharrlich schweigend seinen Kaugummi von einer Wange in die andere schob und gelegentlich einen kleinen Spritzer Rotz vor sich auf den Boden spuckte. Eine unangenehme Angewohnheit, die Fabian junior allerdings mit 90 Prozent der minderjährigen Bevölkerung zu teilen schien. Sein Vater, der schon mehr als einmal den Speichel irgendwelcher Teenager von seinen Schuhen gewischt hatte, nannte diese Altersgruppe insgeheim die *Lama-Generation.*

Fabian, der Spucker, hatte sich auf der Bank zurückgelehnt und seine langen Beine ausgestreckt. Fabian, der Vater, musterte ihn verstohlen aus dem Augenwinkel. Er war ein gut aussehender Junge. Und bockig. Genau wie seine Mutter ... »Okay«, sagte er schließlich. »Was würdest du gern machen?«

Der Sohn zuckte mit den Schultern.

Fabian, der ältere, hatte sich überlegt, dass es vielleicht klüger wäre, nicht einfach bloß zu reden. Dass er besser keinen Druck ausüben sollte. *Vielleicht,* hatte er sinniert, *wäre es gut, einen Rahmen zu finden, in dem man auch mal schweigen könnte, ohne dass es unangenehm wird. Einfach nur ein bisschen gemeinsame Nähe haben, anstatt auf Teufel komm raus gleich die große Aussprache anzustreben.* Sie brauchten Zeit. Sie mussten sich umkreisen können.

Es war ein sonniger Tag, ein T-Shirt-Sonntag. Früher Nachmittag. Vater Fabian griff in die Jackentasche und befühlte die beiden Tickets, die darin lagen. »Magst du Musik?«, fragte er seinen Sohn.

»Crossover«, antwortete der Junior, ohne dabei aufzusehen. Sein Vater hatte keine Ahnung, ob das der Name einer Band war, eine Stilrichtung oder irgendein neumodischer Teenie-Code für *Leck mich am Arsch.*

»Ja ... schön ... also ... Ich hab Karten für das Open-Air-Konzert im Stadtpark. Das fängt gleich an. Um drei«, sagte der Senior. »Wollen wir da hingehen?«

Junior sah ihn nur kurz an. »Okay«, sagte er dann und erhob sich.

Sein Vater beeilte sich, ebenfalls aufzustehen, ebenso verblüfft wie erfreut.

»Wer spielt denn?«, fragte sein Sohn, während sie gemeinsam zum *Dammtor*-Bahnhof gingen.

»Van Morrison«, antwortete Fabian. Und in seiner Stimme klang aufrichtige Begeisterung mit.

»Kenne ich nicht«, murmelte sein Sohn.

»Wir müssen da nicht hingehen«, beeilte sich sein Vater zu betonen.

»Ich hab gesagt: ›*Kenne* ich nicht‹ und nicht ›*Mag* ich

nicht‹«, brummte der Junior. »Vielleicht ist der Knabe ja cool.« Sein Blick suggerierte allerdings enorme Skepsis.

Als sie die Ticketkontrolle des Stadtparks hinter sich gebracht hatten, steuerten die beiden Fabians einen der Getränkestände an. Aus den Lautsprechern der noch unbemannten Bühne dröhnten die *Rolling Stones*. Junior schaute sich amüsiert auf dem Gelände um. Dann begann er plötzlich zu schlurfen, ging mit gebeugtem Rücken an einem imaginären Stock, als litte er unter übelstem Rheuma. Eine berechtigte Anspielung: Auch sein Vater fand, dass das Durchschnittsalter des Publikums irritierend hoch war. Selbst er als Mittvierziger gehörte fast noch zur jüngeren Hälfte. Fabian hätte sich in den Arsch treten können. *Da habe ich nach fünfzehn Jahren das erste Treffen mit meinem Sohn*, warf er sich stillschweigend vor, *und was mache ich Vollidiot? Ich schleppe ihn zu einem Rentnertreffen!* Wie alt war die irische Folkrock-Legende Van Morrison mittlerweile? 100? *Warum habe ich meinem Sohn nicht gleich einen Spaziergang auf dem Friedhof vorgeschlagen?* Junior allerdings grinste breit. Er fand die Situation offensichtlich amüsant. Oder grotesk. Wahrscheinlich beides.
Die beiden Fabians stellten sich in die Schlange vor dem Getränkestand. Die Frau hinter dem Tresen wand sich kurz darauf nicht dem Vater, sondern dem Sohn zu.

»Was darf's sein?«, fragte sie.
»Für mich 'ne Cola«, antwortete Junior. »Und für meinen Vater ...« Er drehte sich zu Fabian senior um und musterte ihn. »... ein Gläschen *Klosterfrau-Melissengeist.*«
Senior lachte laut auf. »Der war gut«, sagte er in ehrlicher Anerkennung und klopfte seinem Sohn auf die Schulter. »Erstklassiger ...« Fast hätte er Witz gesagt. Aber war *Witz* nicht ein furchtbar antiquierter Ausdruck, fast schon so wie *Kalauer*? Was sagten junge Leute denn heute? Gag? Comedy?
»Joke«, ergänzte Junior, als würde er den Gedankengang seines Vater ahnen. »Man nennt das einen *Joke.* Hast du das Problem oft, dass du Sätze nicht zu Ende bringst? Wenn du Alzheimer hast, sag es gleich, dann bereite ich mich auf ein sehr langes Kennenlernen vor.«
»Der war gut!«
»Das sagtest du bereits ...«

Kurz darauf saßen die beiden auf der Wiese vor der Bühne. Sie waren so ziemlich die Einzigen, die sich einfach aufs Gras geflätzt hatten. Die meisten Zuschauer hatten sich Decken mitgebracht und diese sorgfältig unter sich ausgebreitet.
»Also«, lächelte Fabian senior. »Was machst du so den lieben langen Tag?«
»Kommt jetzt das Bewerbungsgespräch?« Junior sah Senior grimmig an. »Ich hab eine schlechte Nachricht

für dich: Ich *bin* bereits dein Sohn. Du kannst mich weder einstellen noch feuern. Ich bin einfach da.«
»Ich weiß«, sagte Fabian, der ältere. »Und genau deswegen will ich dich kennen lernen. Ich hab 15 Jahre aufzuholen. Ich weiß rein gar nichts über dich.«
Junior sah seinen Vater lange an. Unschlüssig, ob er seine abweisende Haltung beibehalten sollte. *Eigentlich*, musste er sich eingestehen, *ist der Alte ganz okay.*
»Stimmt es wirklich, dass du nichts von mir gewusst hast?«, fragte er schließlich.
Senior sah seinen Sohn ernst an. »Natürlich!«, sagte er dann mit Nachdruck. »Wenn ich gewusst hätte, dass deine Mutter schwanger war, wäre alles ganz anders gelaufen! Das musst du mir glauben.«
Juniors Blick blieb undurchschaubar. Gerade als er Anstalten machen wollte, etwas zu sagen, schrillte eine Rückkopplung durch die Lautsprecher. Ein Mann betrat die Bühne. Das Publikum applaudierte. Auch Fabian junior klatschte, offenkundig froh, einen Antwortaufschub erhalten zu haben.
»Ladies and Gentlemen!«, schrie der Bühnenmann. »Van Morrison!« Der Applaus wurde frenetisch. Eine betagte Band und ein Mann, den Fabian junior eher in der Schlange an der Essensausgabe eines Seniorenheims vermutet hätte als auf der Bühne eines Rockkonzertes, trat ans Mikrofon. »Wenn der Opa Volksmusik macht, bringe ich dich um«, zischte Junior mit einem Grinsen seinem Vater zu.
Senior grinste zurück.

Wie üblich gab der chronisch schlecht gelaunte Van Morrison nicht eine einzige Zugabe. Doch als die beiden Fabians dem Ausgang zuschlenderten, war der Vater mehr als erstaunt, als sein Sohn mit anerkennender Stimme sagte: »Das war ziemlich geile Gänsehaut-Musik. Bisschen grufti, aber echt nicht übel. Da kriegt man richtig Bock, mal nach Irland zu fahren.«

»Das können wir ja mal zusammen machen!«, schlug der begeisterte Vater prompt vor und hätte sich noch beim Reden für seinen unangebrachten Übereifer ohrfeigen können. Doch sein Sohn lächelte ihn nachsichtig an: »*Tranquilo*, Senior. Immer mit der Ruhe.«

»Okay«, antwortete der Vater. Er war erstaunt, wie souverän sein Sohn sich benahm. Das hatte er offenkundig von seiner Mutter geerbt. Die hatte ebenfalls stets den Eindruck vermittelt, völlige Kontrolle über die Ereignisse zu haben. Fabian dagegen war als 15-Jähriger ein nervöses Wrack gewesen. Ihn konnte noch heute jede noch so kleine Abweichung vom Plan völlig aus dem Konzept bringen.

»Und nachdem wir jetzt mit dir beim irischen Musikantenstadl waren«, grinste Fabian heimtückisch, »gehen wir jetzt erst mal etwas essen. Du darfst mich einladen. Und dann regiert *Marxx*.«

»Marx?«, fragte der Senior erstaunt. »*Karl* Marx? Bist du Deutschlands letzter Kommunist?«

»*Marxx*, der Club«, lächelte seine Sohn nachsichtig. »Da treten heute Abend Freunde von mir auf. Das ist dann das Musik-Kontrastprogramm.«

»Okay«, sagte der Senior, bemüht, den richtigen Tonfall zu treffen. »Cool.«
Junior lachte.

Fabian, der jüngere, wusste gar nicht, warum er seinen Vater mitgenommen hatte. Eigentlich hatte er den Alten nur kurz treffen, danach schnellstmöglich abservieren und schließlich beim Konzert mit seinen Freunden über ihn ablästern wollen. Doch Senior war gar nicht unkomisch. Er war okay. Fabian gefiel die Unsicherheit und diese gewisse Tappsigkeit, die sein Alter an den Tag legte. Eine angenehme Abwechslung zu seiner stets gradlinigen und toughen Mutter. Und es gefiel ihm, dass sein Vater sich nicht bei ihm anbiederte, dass er nicht auf Super-Papi machte. Dass er seinen Sohn offenkundig nicht als kleines Kind betrachtete. Fabian hatte ursprünglich befürchtet, sein Vater würde ihn auf den *Dom* einladen, den Riesenrummelplatz, der gerade auf dem Heiligengeistfeld stattfand. Da hätte er dann Achterbahn fahren müssen, Zuckerwatte essen und Familienidylle heucheln. Stattdessen waren sie zum dem Konzert dieses alten Sacks gegangen. Wie hieß der noch mal? Van Morrison. Fabian fand die Musik grottenöde, ein Leierkastenkurbler in der Fußgängerzone hätte ihn nicht mehr langweilen können als dieser grantige Opa mit seinen verstaubten Balladen. Aber zu seiner eigenen Überraschung hatte Fabian das Bedürfnis verspürt, seinem Vater eine Freude zu machen. Und deshalb hatte er behauptet, es hätte ihm gefallen. *Bestimmt bringt er mir nächstes Mal eine Van-Morrison-CD als Geschenk mit*, befürchtete Fabian. Vielleicht war Junior etwas zu euphorisch gewesen. Als er jetzt mit seinem Vater im Vorraum des *Marxx* stand, hatte er jedenfalls das schreckliche Gefühl, einen Fehler begangen zu haben. Niemand außer Senior hatte hier das 25. Lebensjahr überschritten. Und während das gesamte Publikum in hippem Outfit, gepierct, tätowiert und in düsterem Underground-Look gestylt herumlungerte, trug sein Alter eine stinknormale Jeans, die eine erschreckende Tendenz zur Karottenform zeigte, sowie ein geriatrisch gestreiftes, blau-rotes T-Shirt. Gerade musterte der Mann, der aussah, als wäre er gerade aus einem C&A-Katalog geflüchtet, eines der Plakate, die das heutige Konzert ankündigten: die schwarz-weiße Fotomontage eines Embryos, dessen Nabelschnur zu einer Zündschnur umgestaltet worden war, an die eine körperlose Hand ein flammendes Streichholz hielt. Der Name der Band lautete *Foetus interruptus*.

»Drollig«, grinste Fabian senior und wies auf das Plakatmotiv. Sein Sohn funkelte ihn empört an. Dieses Plakat war als Provokation gedacht – alte Opis wie sein Daddy sollten darauf eigentlich empört reagieren. Zu dumm, dass der Sohn nicht wusste, dass Fabian, der ältere, in seiner Jugend ein Punk gewesen war. Und sich bei diversen *King Kurt*-Konzerten in einem Sud aus Seifenschaum, Klopapier und Kakao gewälzt hatte, die die Band von der Bühne aus liter- und kiloweise ins

Publikum zu schippen pflegten. Auch heute noch legte er morgens zum Aufstehen gerne die alte *Chumbawamba*-Maxi *A Mouthful of Shit* auf. Es war ein echter Muntermacher. Nein, Fabian war nicht allzu leicht zu schockieren. Wenn sein Sohn eine Karriere bei der Schill-Partei anstreben würde, vielleicht – aber nicht von einem Post-Punk-Poster.

Aber obwohl Fabian, der ältere, sich alle Mühe gab, locker zu wirken, waren seine Nerven bis zum Zerreißen gespannt. Ganz egal, ob er früher in solchen Läden ein- und ausgegangen war – heute fühlte er sich in diesem Club als peinlicher Fremdkörper. Und dem kommenden Konzert, in dem ein Haufen halbgarer Bubis wahrscheinlich in ohrenbetäubender Lautstärke unter kühner Missachtung der Harmonielehre öffentlich pubertieren würden, sah er fast mit Schrecken entgegen.

Natürlich war es mehr als nur der Club. Senior wusste einfach immer noch nicht so recht, wie er sich Junior gegenüber verhalten sollte. Er war aufgeregt, unsicher und völlig verwirrt über die plötzliche Erweiterung seines Gefühlsspektrums. Wer hatte behauptet, väterliche Liebe würde langsam wachsen, es wäre eine Rolle, die man lernen, an die man sich gewöhnen könnte? Von wegen. Tatsächlich liebte er seinen Sohn schon jetzt – ohne Wenn und Aber, ohne Einschränkung und völlig bedingungslos. Es war eine Liebe, die er noch nie gespürt hatte: Er fühlte sich verantwortlich, er war Beschützer und Behüter geworden. Von einer Minute auf die andere war es seine wichtigste Aufgabe geworden,

diesen Jungen zu einem glücklichen Menschen zu machen. Es war überwältigend. Und einschüchternd. Und Fabian wusste nicht, wohin mit all diesen neuen Emotionen, seinen Zweifeln und Fragen.
Inzwischen standen sie vor der Theke. »Ein Bier«, sagten Vater und Sohn gleichzeitig. Der Mann hinter dem Tresen zog seine Oberlippe, in der ein silberner Ring funkelte, einen Zentimeter in die Höhe und warf dem älteren Fabian einen fragenden Blick zu. Der überlegte kurz, aber dann nickte er. »Zwei Bier, also!« Es machte sowieso keinen Sinn, den strengen Vater zu geben – dafür kam er definitiv ein paar Jahre zu spät. Lächelnd drückte er seinem Sohn den Plastikbecher mit dem *Holsten* in die Hand. »Prost.«
Sein Sohn nickte nur.

Das Konzert war noch schlimmer als befürchtet! Die Band, die aus fünf Teenagern bestand, die sich komplett in Schwarz eingekleidet hatten und einen dermaßen wütenden Gesichtsausdruck an den Tag legten, dass ein Pitbull dagegen wie Lassies freundliche Mutter wirkte, trümmerten auf ihre Instrumente ein, als wären sie die Belastungsprüfer vom TÜV. Der Sänger, der sich die Augen mit Kajal umrandet hatte und mindestens eine Stunde damit zugebracht haben musste, seine Haare mit einem halben Pfund Gel so aussehen zu lassen, als wäre er gerade aufgestanden, grölte zum nicht immer rhythmischen Geschepper des Schlagzeugs und dem Gegrätze und Gejaule der Gitarren deutschsprachige Krawall-Lyrik ins Mikrofon. Es sprotzte als verzerrter, krächzender Tonbrei aus den Boxen, von deren Inhalt Papa Fabian nur Fragmente verstand. »... brennendes Fleisch, geschunden und gemartert ...«, ächzte der Sänger einmal. Ein anderes Mal wiederholte er als Refrain immer wieder denselben Satz, wobei das tanzende Publikum begeistert mitgrölte: »Die Verachtung ist komplett! Die Verachtung ist komplett! Die Verachtung ist komplett!«

Fabian war froh, dass er nicht mehr von dem verstand, was *Foetus interruptus* der Welt mitzuteilen hatte. Er war auch so schon verwirrt genug. Er hatte beim Stadtpark-Konzert schon zwei Bier getrunken, danach im italienischen Restaurant einen Viertelliter Rotwein. Jetzt war er wieder beim Bier angekommen; bei seinem zweiten, um genau zu sein. Er spürte einen leichten Schwindel.

Sein Sohn tanzte im Pulk mit den anderen und schien seinen Vater völlig vergessen zu haben. Und so erhob sich Fabian Senior von den Stufen, auf denen er die letzte Stunde gesessen und zumindest einen Konzertgast zu finden versucht hatte, der keine sichtbare Tätowierung besaß. Beim Aufstehen tat ihm der Rücken weh. Seine Augen brannten von dem Rauch der Zigaretten, die etliche Kids selbst beim Tanzen in der Hand behielten.

Den halb vollen Becher Bier in der Hand ging Fabian ins Foyer, wo es angenehm kühl war und der gegrölte Weltschmerz von Juniors Musikerfreunden auf erfreuliche Zimmerlautstärke absank. Müde ließ sich Senior auf einem Stuhl nieder. Ihm war mulmig. Das war nicht mehr seine Welt. Zu viel Alkohol, zu viel Rauch, Krach, Anspannung – und eindeutig zu wenig Sauerstoff.

»Du bist Fabians Vater, oder?«, hörte er plötzlich eine erstaunlich zarte Stimme hinter sich. Fabian drehte sich um. Er sah in das Gesicht eines wirklich hübschen Mädchens. Sie war in etwa so alt wie sein Sohn, hatte schwarz gefärbte Haare, schöne grüne Katzenaugen, war zierlich und trug ein bauchfreies Shirt, das – natürlich – eine Tätowierung rund um ihren Bauchnabel offenbarte: eine Schlange, die sich selbst in den Schwanz biss.

»Ja, ich bin der alte Fabian«, sagte Fabian. »Und du bist ...?«

»Ich heiße Kira«, sagte das Mädchen und hielt Fabian die Hand hin. Die Tatsache, dass eine dieser Gruftkreaturen tatsächlich die Grundregeln der Höflichkeit beherrschte, erstaunte den alten Herrn enorm. Er nahm Kiras Hand. »Angenehm«, sagte er.

»Ich bin die Freundin deines Sohnes«, sagte sie.

»Oh«, sagte Fabian.

»Er wollte mich dir noch nicht vorstellen«, fuhr sie fort. »Er meinte, es sei noch zu früh.«

»Aha.«

»Aber ich wollte dich kennen lernen«, sagte sie.

»Okay.« Zu mehr als Ein-Wort-Antworten fühlte er sich im Augenblick nicht in der Lage.

»Man sieht, dass du sein Vater bist. Fabian hat deine Nase«, sagte sie, nachdem sie ihr Gegenüber eine Weile gemustert hatte.
»Tut mir Leid. Sag es ihm lieber nicht, sonst verklagt er mich noch.«
Kira lachte. »So schlimm ist sie nun auch wieder nicht!«
Fabian grinste. Seine Nase befand sich in der Grauzone zwischen ›markant‹ und ›auffallend groß‹. Er nahm sich vor, sich nachher die Nase seines Sohnes etwas genauer anzuschauen.
»Möchtest du einen Joint mit mir rauchen?«, fragte Kira und zog ein Stück Aluminiumfolie aus dem Tabaksbeutel, den sie vor sich auf den Tisch gelegt hatte.
Fabian sah sie verblüfft an.
»Hast du ein Problem damit?«, fragte Kira ihn lächelnd. »Fabian meinte, du wärst cool.«
»Ach so«, meinte Fabian, der langsam das Gefühl bekam, dass das alles nicht mehr real war. »Na ja, dann. Okay.« Es war bestimmt zehn Jahre her, dass er das letzte Mal Haschisch konsumiert hatte.

Als Fabian junior verschwitzt aus dem Konzertsaal kam, traute er seinen Augen nicht: In der Ecke des Foyers saßen Kira und sein Vater auf dem Fußboden und kicherten! Der süßliche Duft von Cannabis erfüllte die Luft.
Als er sich den beiden näherte, hörte er Kira sagen: »Er schreibt Gedichte, weißt du. *Tolle* Gedichte! Nicht so'n

Grußkartenscheiß, sondern richtig ausdrucksstark. Er ist ein richtiger Poet.«

Senior hing Kira förmlich an den Lippen.

»Und er rudert. Seine Mannschaft wäre fast Hamburger Meister geworden«, fuhr sie fort. »Und ...«

»Was ist denn hier los?«, fragte Fabian junior, als er sich zu den beiden hockte und dann wie selbstverständlich seiner Freundin den Joint aus der Hand nahm und nur einmal daran zog, bevor er ihn auf dem Boden ausdrückte. Er hatte das kurze Stutzen bemerkt, mit dem sein Vater die Bierbestellung aufgenommen hatte – da musste man jetzt mit der Tüte nicht gleich übertreiben.

»Ich hab mich mit deinem Vater bekannt gemacht«, lächelte Kira ihren Freund an und küsste ihn. »Er will alles über dich wissen!«

»Tja, das ist dann ja mal ...« Junior wusste nicht, was er sagen sollte. War er wütend oder erfreut? Scheiße, war das alles verwirrend. »... okay, denke ich ...« Er sah seinen Vater an, dessen Augen von einem seltsam milchigen Schleicher überschattet zu sein schienen und der aufrichtig glücklich lächelte.

»Ich bin stolz auf dich«, sagte er plötzlich zu seinem Sohn. »Du bist ein toller Junge! Ich bin so froh, dass es dich gibt!« Seine Stimme drohte sich zu überschlagen. Fabian fasste es nicht. *Der Alte ist breit. Keine Frage.* Und doch: Seine völlig zusammenhangslose Zuneigungsbekundung kam von Herzen! Wie lange – oft lebenslang und vergeblich – mussten andere Menschen auf solch einen Satz von ihrem Vater warten? Fabian junior spürte einen Kloß im Hals. Er wollte nicht weinen. Doch als sein Vater, aus dessen Augen nun dicke Tränen flossen und der strahlte wie ein kleines Kind, seine Arme ausbreitete, ließ sich Fabian ohne Zögern und zu seiner eigenen Verblüffung einfach hineinfallen. Und dann weinte er auch. Es war definitiv das Uncoolste, was ein Fünfzehnjähriger vor seiner Freundin tun konnte. Doch Scheiß auf die Coolness! Manchmal gibt es eben Wichtigeres.

»Mein Sohn«, flüsterte Senior leise in Fabians Ohr. »Mein Sohn!«

Junior drückte ihn fest.

Keiner der beiden bemerkte, wie Kira sich zufrieden lächelnd erhob.

Eine Stunde später schloss Junior die Tür auf. Seine Mutter stand im Flur und sah ihn mit einer Mischung aus Erleichterung und stillem Vorwurf an. Sie zeigte auf ihre Armbanduhr.

»Sorry«, murmelte Fabian.

»Für ein einfaches Sorry ist es seit zwei Stunden zu spät. Was habt ihr denn …« Erst dann bemerkte sie den älteren Fabian, der unsicher im Treppenhaus stehen geblieben war.

»Komm rein, Daddy«, forderte sein Sohn ihn auf.

Daddy?

Schief grinsend trat Senior durch die Tür. Er wankte leicht. »Huhu«, sagte er und kicherte etwas albern. »Tut mir Leid, dass es so spät geworden ist. Aber wir hatten soooo viel zu besprechen.«

Birgit schüttelte den Kopf und versuchte ein Grinsen zu unterdrücken. Sie hatte für dieses Treffen das Schlimmste befürchtet; sie kannte die unnahbare Seite ihres Sohnes. Das, was sich jetzt gerade abspielte, hätte sie nie erwartet. Er nannte ihn *Daddy*?

Fabian junior umarmte seine Mutter. »Ich habe eine gute und eine schlechte Nachricht für dich«, sagte er. »Die gute ist, dass ich endlich einen Vater habe!« Er strahlte. Sie hatte ihren Sohn schon lange nicht mehr so gelöst gesehen. Über seine Schulter hinweg sah sie, dass auch Fabian senior wie ein Honigkuchenpferd strahlte. Birgit musste lachen.

»Die schlechte Nachricht ist ...«, fügte ihr Sohn grinsend hinzu und zeigte auf seinen Vater: »Ich fürchte, du hast jetzt für noch ein Kind zu sorgen.«

Der so Titulierte legte den Kopf schief und gluckste. Er sah aus wie ein Teletubbie.

»Ach. Das kriegen wir schon hin«, lächelte Birgit.

»Oh ja«, strahlte Fabian senior. »Das kriegen wir alles hin!«

Hundeliebe

Stefan versuchte es mit dem perfekten Lächeln. Seine Exfreundinnen hatten ihm mehr oder weniger einhellig bescheinigt, dass sein Lächeln ebenso verführerisch wie sympathisch sei und dass eine Frau schon blind, lesbisch oder sehr, sehr seltsam sein müsste, um diesem Lächeln widerstehen zu können. Also saß Stefan auf der Parkbank, wartete darauf, dass die Brünette um die Ecke bog, und verzog sein Gesicht zu ein paar Übungslächlern: Mundwinkel rauf, Mundwinkel runter. Lächeln mit Zähnen, Lächeln ohne. Erst ein leichtes Lächeln und dann, langsam, die Wangen dehnen, breiter, breiter ... *Ups!* Das war dann doch zu viel. Mit einem dermaßen breiten Grinsen hat man bereits die Schwachkopfgrenze erreicht.
Stefan hatte die verschiedenen Varianten des Lächelns morgens schon ein paar Minuten vor dem Spiegel geübt, und er war sich ziemlich sicher, dass er auf Kommando eine recht hinreißende Mimik auf sein auch sonst durchaus ansehnliches Gesicht zaubern konnte.

Er übte eigentlich nur, um irgendetwas zu tun, während er wartete.
Dreimal die Woche – montags, mittwochs und freitags – zur mehr oder weniger selben Uhrzeit sah er die atemberaubend attraktive Brünette mit ihrem Hund hier an der Alster entlangflanieren. Und er überlegte schon eine Weile, wie er sie auf sich aufmerksam machen könnte. Stefan war ein gut aussehender Kerl – aber er war keiner jener Männer, die Frauenblicke auf sich zogen, ohne irgendetwas dafür tun zu müssen. Er war über Durchschnitt, aber unter Brad Pitt. Doch heute würde es klappen! Er würde sich schon sehr früh, sowie sie überhaupt in Sichtweite kam, um einen Blickkontakt bemühen. Und dann, wenn ihre sensationell schönen braunen Augen die seinen träfen, würde er die Gesichtsmagie walten lassen. Er würde lächeln, wie noch nie ein Mann gelächelt hatte. Und das wäre dann der Anfang. Von da an würde alles laufen wie von selbst.

Da war sie!
Mann, was für eine anbetungswürdige Kreatur! Schlank, aber mit allen weiblichen Rundungen an millimetergenau jenen Stellen, wo sie sich nach landläufiger Meinung zu befinden hatten. Das lange, volle Haar fiel ihr über die Schulter, umrahmte ein Gesicht, an dem es schlichtweg nichts, aber auch gar nichts zu mäkeln gab: perfekte Haut, hohe Wangenknochen, eine unaufdringlich geformte Nase mit einem Hauch von

Stups, sinnliche, volle Lippen, braune, warme Augen. Sie trug ein schlichtes, weißes T-Shirt, das ihr gebräuntes Dekolleté betonte. Unter dem dünnen Stoff zeichneten sich zwei Güteklasse-A-Brüste ab. Ihre einmalig geformten Beine zeigten sich bei jedem Schritt durch die Schlitze ihres langen Rocks. Stefan hätte es nicht gewundert, wenn die Brünette zwei Heftklammern im Bauch gehabt hätte – der Beweis, dass sie ein Fleisch gewordenes *Playboy*-Playmate auf der Flucht war.

Blickkontakt!

Stefans Augen peilten die Augen der Brünetten an. Die bemerkte es allerdings nicht, denn ihr Hund zerrte gerade wie verrückt an der Leine und versuchte kläffend eine der Tauben zu schnappen, die arglos auf der Wiese herumgegurrt und sich nun ob der Attacke des hysterischen Fellknäuels eiligst in die Luft erhoben hatten. Stefan konnte Hunde nicht besonders leiden. Und schon gar nicht solch grantige Winzlinge wie diesen. Er kannte den Namen der Rasse nicht genau und nannte diese Sorte Wauwau daher üblicherweise *Boutiquenfeger*, da aus unerklärlichen Gründen auffallend oft Hunde dieser Art vor den überteuerten Kleidungsgeschäften und Friseursalons der Schickimicki-Viertel herumlungerten und arglose Passanten in Grund und Boden kläfften. Dass sich die Boutiquenbesitzerinnen um eine beträchtliche Zahl von potenziellen Kunden brachten, wenn sie ihre Kampfzwerge unangeleint den Eingang zum Geschäft bewachen ließen, gehörte zu den vielen Paradoxen des Lebens.

Wie kann man solche Viecher lieben? Wenn ihm jemand glaubhaft versichern würde, dass Hunde gut schmeckten, hätte Stefan keinerlei Skrupel gehabt, zum Abendbrot einen Boutiquenfeger in Senfsoße zu verspeisen. Ihn amüsierte der Gedanke, was für kulinarische Möglichkeiten sich ergeben würden, wenn das Gesundheitsamt oder irgendein populärer Fernsehkoch die Kläffer eines Tages tatsächlich zum Verzehr freigäben: *Pudelauflauf. Dackelpudding.* Und *Spitzkohl* bekäme eine ganz neue Bedeutung.
Weit weniger amüsant war die Tatsache, dass der Kläffer die ganze Aufmerksamkeit seiner Besitzerin für sich beanspruchte. *Guck her, Mädchen!*, dachte Stefan verzweifelt, doch die Brünette näherte sich ihm stetig, ohne ihren Blick auch nur ansatzweise in seine Richtung wandern zu lassen. Sie war viel zu sehr damit beschäftigt, ihren Zwerg zu bändigen, der sich nun partout in den Kopf gesetzt hatte, sein Nummer-2-Geschäft nicht in einem Busch oder zumindest auf der Wiese, sondern mitten auf dem Gehweg zu verrichten. Die Brünette zerrte energisch an der Leine und schleifte den Kläffer nahezu buchstäblich über den asphaltierten Weg. Ein mühsames und Zeit raubendes Unterfangen. Das ursprünglich noch so perfekte Lächeln, das sich Stefan stetig beizubehalten bemühte, fror langsam ein und verzerrte sich zu einer Grimasse. Rund zwei Minuten versuchte Stefan nun schon, seine Gesichtsmuskeln in derselben Position verharren zu lassen, damit die Brünette in jener Sekunde, in der sie sich ihm zuwandte, das

ultimative Lächeln zu sehen bekam. Doch Muskeln sind störrische Genossen und können einem Menschen gar Böses antun: Just in dem Moment, in dem die Brünette Stefan endlich anschaute (während ihr Hund sich endlich bequemt hatte, seine Wurst auf einem Stück Grün herauszudrücken), sah sie auf Stefans Gesicht einen bemitleidenswert verkrampften Ausdruck, der entweder auf außergewöhnlich starke Blähungen oder aber die Notwendigkeit einer Schmerztherapie hinzuweisen schien. Taktvoll wendete sich die Brünette von dem leidenden jungen Mann ab und hatte ihn wenige Sekunden später schon wieder vergessen.

Als sie davonstolzierte, ihren perfekten Hintern unter dem dünnen Stoff des engen Rocks graziös von links nach rechts schwenkend, als wolle er Stefan hypnotisieren, ließ der Mann auf der Bank seinen Kopf in die Hände sinken.

»Scheiße«, murmelte er. »Scheiße. Scheiße. Scheiße.«

»Kann es sein, dass deine Fixierung auf diese Frau ein wenig abartig ist?«, fragte sein alter Kumpel Ralf, mit dem Stefan seit zwei Jahren ein kleines Schreibwarengeschäft in Pöseldorf führte. Die Freunde saßen an diesem Abend im *Borchers* und nahmen gerade ihr drittes Bier in Angriff.

»Du hast sie noch nie gesehen«, sagte Stefan. »Sonst würdest du so etwas nicht fragen.«

»Du weißt doch überhaupt nichts über sie«, ließ Ralf nicht locker. »Außer, dass sie scharf aussieht.«

»Nicht *scharf*«, zischte Stefan. »Sie ist schön. Wie ein Engel!«

Ralf zuckte mit den Achseln. Er war es gewohnt, dass sich Stefan in Dinge hineinsteigerte. Wenn der etwas wollte, dann *wollte* er es. Ralfs Freunde hatten Stefan damals – gegen Ralfs Veto – sogar aus dem Volleyball-Verein expediert, weil sein Ehrgeiz regelrecht krankhafte Züge angenommen hatte. Jeder noch so kleine Spielfehler hatte ihn schier zur Weißglut gebracht. Stefan hatte sogar ernsthaft vorgeschlagen, dass die ursprünglich mal als fröhliche Fitnessrunde gegründete Mannschaft täglich – und zwar morgens *vor* der Arbeit – trainieren solle. Sonst hätten sie keine Chance, den ersten Platz in ihrer Liga zu erreichen. Als einer der anderen Spieler zaghaft darauf hinwies, dass das Ganze doch eher Spaß bringen sollte, anstatt krampfhaft aufs Siegen hinauszulaufen, hatte Stefan einen fünfminütigen Monolog darüber gehalten, dass die Menschen ohne den wunderbaren Wesenszug der Beharrlichkeit noch heute auf den Bäumen hocken und sich gegenseitig mit Bananen füttern würden. Ralf hatte es wenig eingeleuchtet, dass die Evolution nach Stefans Ansicht von ehrgeizigen Primaten absichtlich in Gang gebracht worden war, aber er war so klug, nichts zu sagen. Worte und Logik prasselten an Stefan ab wie Regen an einer Windschutzscheibe. Er war wie ein Besessener, wenn er sich erst mal auf ein Ziel eingeschossen hatte. Und Stefans derzeitiges Ziel war die Brünette.

»Ich habe einen Plan«, verriet Stefan seinem Freund und setzte verschwörerisch hinzu: »Todsicher, das Ding!«
Ralf grinste zweifelnd: »Da bin ich aber gespannt.«
»Ein Hund!«, strahlte Stefan. »Ich besorge mir einen Hund!«

Die Idee war simpel: Wenn Stefan der Brünetten mit einem Hund entgegenkäme, wenn sich die beiden Kläffer vielleicht beschnuppern oder sogar miteinander herumtollen würden, dann wäre es ein Leichtes, den Kontakt herzustellen. Dann könnte Stefan sein Profilächeln frisch und unverzerrt aufs Gesicht zaubern, einen charmant-pfiffigen Spruch absondern, die Augen funkeln lassen und – *Zack!* – die Sache wäre am Laufen. Und weil Stefan ein Mann war, dem jegliche Zweifel ebenso fremd waren wie die hohe Kunst der Selbstreflektion, hielt er seinen Plan auch noch für brillant, als er bereits am nächsten Tag im Tierheim an der Süderstraße stand und die Frage der Tierpflegerin, ob er eine bestimmte Rasse im Auge hätte, mit »Ja, einen Boutiquenfeger!« beantwortete.
»Boutiquenfeger?«, fragte die verwirrte Tierpflegerin nach.
»Äh ...«, lachte Stefan, als er seinen Fauxpas realisierte. »Ich nenne die immer nur so. Ich weiß nämlich nicht, wie die richtig heißen. Das sind so kleine, zottelige, weiße Köter. Sitzen meistens vor Boutiquen rum. Die alten Wachteln im Hanse-Viertel haben oft solche Hunde. Supernervös. Die Hunde meine ich, nicht die

Besitzerinnen. Meistens schlecht gelaunt. Richtig kleine, kläffende Kotzbrocken.«
»Und *so* einen Hund wollen Sie?«, wunderte sich die Pflegerin.
»Äh ...«, zögerte Stefan, der sich zu fragen begann, ob die Leute im Tierheim ihre Kläffer womöglich nur an offenkundige Hundefreunde abgaben. »Die sind ja auch süß, irgendwie«, log er. »Also, äh ... Ich mag ja Hunde mit Charakter. Nicht solche unterwürfigen Schwanzwedler ...«
Die Tierpflegerin zog skeptisch die linke Augenbraue hoch.
»Ich meine«, stammelte Stefan. »Mit dem Schwanz wedeln dürfen sie natürlich schon. Das – *he, he* –, das gehört ja dazu. Aber eben, äh ... nicht unterwürfig.«
Der Blick der Tierpflegerin bekam etwas Arktisches. »Einen *Boutiquenfeger*«, wiederholte sie mit unverhohlener Missbilligung, »können wir Ihnen *nicht* anbieten. Ich nehme an, Sie meinen damit West Highland Terrier? Das sind *Rasse*hunde. Solche Tiere werden von den alten *Wachteln*, denen sie gehören, nur äußerst selten ausgesetzt.«
»Ich meine, äh ... ich wollte ...«, versuchte Stefan die Situation zu retten, doch die Tierpflegerin, die offenbar unwiderruflich beschlossen hatte, dass Stefan ein verabscheuungswürdiger Vollidiot sei, ließ sich nicht unterbrechen. »Aber vielleicht sehen Sie sich einfach einmal in unseren Zwingern um. Vielleicht finden Sie ja einen anderen nervösen Hunde-*Kotzbrocken*, dessen

Schwanzwedeln Ihnen nicht über Gebühr *unterwürfig* erscheint.«

Stefan seufzte. »Danke«, murmelte er und betrat die Halle mit den Hundezwingern, den bohrenden Blick der strengen Tierpflegerin im Nacken.

Es stank und es war laut. Bellen, Kläffen, Winseln, Knurren und Hecheln erfüllte die Halle. Aus jeder dritten Hundeschnauze, die Stefan im Vorbeigehen an den einzelnen Käfigen betrachtete, tropfte der Sabber. Und das war der Moment, in dem sich Stefan zum ersten Mal fragte, ob sein Plan nicht vielleicht doch ein paar winzige logistische Mankos hätte. Zum Beispiel die Tatsache, dass er Hunde nicht leiden konnte. Doch dann beschwor Stefan das Bild der Brünetten vor seinem geistigen Auge, ließ in seiner Fantasie den Blick an ihr herunterwandern, an ihrem Haar, ihren Augen, ihrem Mund, ihrem Hals ... und bevor er auch nur an der Hüfte angekommen war, befand Stefan ganz eindeutig, dass ein Hund ein geradezu lächerlich kleines Opfer angesichts der zu erwartenden Belohnung sei. Er wäre in diesem Moment sogar bereit gewesen, sich zwei durchfallgeplagte Nilpferde als Haustiere anzuschaffen, wenn ihm das zu einem Date mit der Frau seiner Träume verholfen hätte.

Stefan wollte einen *kleinen* Hund. Er war ja bislang davon ausgegangen, dass er einfach ins Tierheim marschieren und sich einen der sicher zahlreich dort herumwuselnden Boutiquenfeger schnappen würde.

Nachdem diese Vision nun verpufft war, wollte er sich einen Hund suchen, der den – wie hießen die noch mal? – West Highland Terriern in seinem Aussehen zumindest nahe kam. Natürlich wusste Stefan, dass Hunde einander nicht nach Größe und Aussehen aussuchten, dass zum Beispiel riesige Doggen durchaus am Hinterteil einer kleinen Dackeldame herumschnüffelten und dass man sich wirklich nicht vorstellen wollte, was für schmerzhafte Folgen es für den Dackel hätte, wenn dem Doggenrüden gefiel, was er dort roch. Und doch hatte Stefan die Theorie, dass Stefans Hund und der Hund der Traumfrau am ehesten miteinander Kontakt aufnehmen würden, wenn deren anatomische Eckpfeiler nicht allzu weit auseinander standen. Kurz und knapp: Stefan suchte eine Hand voll Hund.

Selbst Jahre später konnte sich Stefan nicht erklären, warum er trotzdem eine halbe Stunde später das Tierheim wider aller Logik und zu seiner eigenen Überraschung mit einer massigen Promenadenmischung verlies, die ein kurzsichtiger Passant in der Dämmerung durchaus für ein Kalb hätte halten können. Im höchstwahrscheinlich brisanten DNA-Mix dieses Hundes gab es einen Anteil Dogge, eine Portion Bernhardiner vielleicht, etwas Hirtenhund. Kurz gesagt: Es war eine Planierraupe mit Fell. Mit jeder Menge Fell.
»Nicht gerade ein West Highland Terrier«, hatte die nöhlige Tierpflegerin mit demonstrativ hochgezogener Unterlippe angemerkt, als sie Stefan die dazugehörigen

Unterlagen aushändigte. Sie wollte sich nicht anmerken lassen, wie sehr sie sich freute, dass einer der besonders schwer zu vermittelnden, weil riesigen Hunde ein Zuhause gefunden hatte. Auch wenn dieses Zuhause einem Schwachkopf gehörte. Elf Tage später hätte das arme Tier nämlich eingeschläfert werden müssen. »Ich dachte, Sie suchen einen *kleinen* Hund«, hatte sie schließlich noch gesagt, während sie dem Tier zum Abschied auf die Flanke klopfte.

Stefan hatte mit den Achseln gezuckt: »Ich weiß auch nicht ... Irgendwie erinnert er mich an meinen alten Mathelehrer ...«

»Und den mochten Sie so sehr?« Vielleicht war der Idiot ja doch ein netter Mann.

»Eigentlich nicht.«

Tatsächlich lag im Blick dieses Hundes etwas, was zu Stefans Schulzeiten auch in den Augen von Herrn Kröger geschimmert hatte. Immer, wenn der alte Herr Studienrat irgendwelche obskuren Formeln an die Tafel geschrieben und seinen Schülern vergeblich die Faszination der korrekten Hypothenusenberechnung zu vermitteln versucht hatte, war derselbe Hauch von Schwermut und Resignation in den Augen von Herrn Kröger zu sehen gewesen, mit dem auch der Hund Stefan angeblickt hatte, als er an dessen Zwinger vorbeigegangen war. Und auch wenn Stefans alter Mathelehrer, an den er seit Jahren keinen einzigen Gedanken mehr verschwendet hatte, und sein neuer Hund außer dieser kleinen Parallele keinerlei weitere Ähnlichkeiten

aufwiesen, so war dieser Hund dank des Kröger-Blickes doch der Einzige, der bei Stefan eine andere Reaktion ausgelöst hatte als ein schlichtes: *Aha. Ein Hund. Na und?* Grund genug, sich für ihn zu entscheiden.
Stefan versprach der Tierpflegerin, seinen Haustier-Neuerwerb ausreichend zu füttern, zu pflegen sowie mindestens drei Mal am Tag auszuführen. Dann verließ das Duo das Tierasyl und ging zum Parkplatz. Der Hund sprang auf dem Weg dorthin – begeistert, die Enge des Zwingers überwunden zu haben – an Stefan hoch und versuchte ihm das Gesicht abzulecken. Das war sicher lieb gemeint – fühlte sich aber an wie eine Braunbärattacke.
Stefan schubste das Tier mit aller ihm zur Verfügung stehenden Kraft von sich und rief »Igitt!« Erstaunlicherweise war das für den Hund ein ausreichend starker Hinweis, dass dieses Exemplar Mensch feucht sabbernden Liebesbekundungen ablehnend gegenüberstand. Den restlichen Weg trottete der Hund brav neben seinem neuen Menschen her.
Es war nicht leicht, das Ungetüm auf die Rückbank des Autos zu quetschen. Zwar war der Wauwi geduldig und willig, aber leider auch deutlich überdimensioniert für einen Fiat Punto. Stefan schob und drückte an dem schnaufenden Koloss herum, bis der Hundebrocken endlich einem Dosenbrathering gleich völlig formatfüllend die gesamte Rückbank belegte. Die wenigen Stellen der Sitzfläche, die sich noch erkennen ließen, waren binnen einer Minute mit genug Hundhaaren

vollgerieselt, um man damit ein Kopfkissen zu füllen. Stefan seufzte, woraufhin der Hund sein neues Herrchen wieder mit diesem gewissen melancholischen Blick anschaute. Und obwohl Stefan es nicht wollte, musste er da grinsen. Er kraulte den Hund hinter den Ohren.

»Ich werde dich Herr Kröger nennen«, lächelte Stefan sein neues Haustier an. Und Herr Kröger, der Hund, hätte mit dem Schwanz gewedelt, wenn im Auto dafür Platz gewesen wäre.

Stefan hatte immer allein gewohnt. Er hatte nie verstanden, wie Menschen, die ihre ganze Kindheit über dafür gekämpft hatten, sich das Zimmer nicht mit einem ihrer Geschwister teilen zu müssen, als ausgewachsene Wesen plötzlich freiwillig in eine Wohngemeinschaft zogen. Wer wollte gleich nach dem Aufstehen schon irgendeinem unrasierten Zeitgenossen in der Küche einen guten Morgen wünschen, während der nicht einmal das Taktgefühl besaß, sich eine Jogginghose anzuziehen, sondern schlaftrunken in seiner Feinrippunterwäsche am Frühstückstisch saß und sich gedankenverloren an den Genitalien kratzte?

Stefan war jetzt 33. Seit 13 Jahren besaß er eine eigene Wohnung und hatte sich, wie es bei Langzeitsingles üblich war, eine stolze Zahl von Marotten zugelegt. Er pflegte beispielsweise die ganze Nacht lang den Fernseher neben dem Bett laufen zu lassen, weil es sich bei den Spätprogramm-Wiederholungen drittklassiger

Seifenopern so famos wegdämmern ließ – und weil es ihn ungemein amüsierte, wie sein Unterbewusstsein Fragmente von amerikanischen Krimiserien, Krawall-Reportagen und Telefonsexwerbung in seine Träume einbaute.
Seine flüchtigen Beziehungen, deren längste sich immerhin über einen Zeitraum von acht Monaten erstreckte, hatte Stefan stets unter der eindeutigen Prämisse begonnen, dass die jeweilige Frau unter allen Umständen eine eigene Behausung behalten müsse. In seinem Badezimmer würde er unter keinen Umständen mehr ihres Eigentums dulden als eine Zahnbürste, Tampons, einen *kleinen* Kulturbeutel mit den unerlässlichsten aller Make-up-Utensilien sowie ein Fläschchen Parfüm. So manche seiner Exfreundinnen hatten ihm neben Charme, Witz und Intelligenz deshalb auch beachtlichen Egoismus sowie einen akuten Mangel an Verantwortungsbewusstsein und zwischenmenschlicher Hingabe attestiert. Auf den Punkt gebracht: Stefan war ein netter Fun-Typ, ein erstklassiger One-Night-Stand, ein niedlicher Gelegenheits-Flirt. Stefan war *kein* potenzieller Ehemann.
Niemals hätte Stefan gedacht, dass ein Hund – selbst ein Hund von der physischen Dimension des Herrn Kröger – mehr Unannehmlichkeiten machte als ein WG-Mitbewohner. Eine geradezu dramatische Fehleinschätzung, wie sich zeigen sollte.
Als Stefan mit Herrn Kröger seine Wohnung betrat, trottete der Wauwau erst einmal gemütlich die gesam-

ten 70 Quadratmeter ab, steckte neugierig seine triefende Schnauze in dies und jenes – unter anderem auch in die Plastikbadewanne mit Stefans frisch gewaschenen Pullis, die danach wie in Spucke marinierte Lappen aussahen – und ließ sich dann zielstrebig auf der kuscheligen Bettwäsche seines Herrchens nieder, wobei er prompt Hunderte von Hundehaaren abstieß, als sei das erst zwei Tage zuvor bezogene Bett ein Fellmagnet.
»Runter da, du Klops!«, brüllte Stefan und scheuchte das Hundemonster von seiner Schlafstätte. Herr Kröger trollte sich behäbig und sah sein Herrchen wieder mit diesem ganz besonderen Blick an. Stefan schüttelte seufzend den Kopf.

Zwei Stunden später rannte Herr Kröger nervös im Flur auf und ab, während er jaulte und ... gurrte. Tatsächlich machte er ein Geräusch, als hätte er eine Taube verschluckt, die sich nun unter lautem Protest aus seiner Speiseröhre freizukämpfen versuchte. Es hatte vor einer Dreiviertelstunde mit einer leichten Form von hündischer Unruhe begonnen, die dann langsam, aber stetig zu einer lautstarken Köter-Hysterie angewachsen war. Echt nervig.
Stefan, der sich gerade im Internet-Auktionshaus *e-bay* in der heißen Phase einer Versteigerung der *Lucky-Luke*-Gesamtausgabe befand, blaffte Herrn Kröger an: »Was ist los?« Und weil Hunde nicht reden können, beantwortete Herr Kröger die Frage, indem er auf die Auslegware pinkelte. Der Blick des Hundes sagte: *Tut*

mir echt Leid. Aber ich habe wirklich lange versucht, dich auf mein Problem hinzuweisen. Was an der Überschwemmung von der Größe des Victoriasees aber auch nichts mehr änderte.
Während Stefan hysterisch vom Schreibtisch aufsprang, dabei »Böser Hund! Böser Hund! Böser Hund!« brüllte und Herrn Kröger in den Hausflur bugsierte, damit er auf den dortigen Fliesen die Restpfütze produzieren konnte, bekam Stefans Auktions-Konkurrent *zischel432@gmx.de* den *Lucky-Luke*-Zuschlag. Es war ein echtes Schnäppchen.

Nachdem Stefan seinen Boden mühselig trockengelegt hatte, sah er sich entnervt nach seinem neuen Mitbewohner um. Herr Kröger stand neben der Wohnungstür und guckte schuldbewusst. Ein bisschen wie ein kleines, geprügeltes Kind – nur ungefähr zehn Mal so groß.
»Okay, Herr Kröger – einmal ist keinmal.«
Der Hund winselte.
»Na komm ... Ist doch nicht so schlimm.«
Der Hund begann wieder, die Taubengeräusche zu machen. Wieso hatte dieses Tier denn jetzt immer noch ein schlechtes Gewissen? Stefan schüttelte den Kopf. »Es hätte wirklich schlimmer kommen können. Ich meine ...« Dann begriff er. Offensichtlich war es fast so weit, dass es schlimmer kommen würde. »Halt durch, Herr Kröger!«, rief Stefan aufgeregt, griff nach seiner Jacke und öffnete die Wohnungstür. Herr Kröger rann-

te die Treppen hinunter, als hinge sein Leben – und nicht nur der hygienisch einwandfreie Zustand von Stefans Wohnung – davon ab.

Auf der Straße stürmte Herr Kröger ohne zu zögern zu einem nahe gelegenen Fahrradständer und erleichterte sich erneut. *Pinkeln Hunde immer so viel?*, fragte sich Stefan. Oder hatte nur er ein Exemplar erwischt, dessen Blase scheinbar das Fassungsvermögen eines Überseefrachtcontainers hatte?
Während Stefan noch diesem Gedanken nachhing, machte sich sein Hund auf, um nach verrichtetem Geschäft die Welt zu erkunden. Stefan fiel zum ersten Mal auf, dass er vergessen hatte, eine Leine zu kaufen. Brauchte man die eigentlich unbedingt? Oder ging so ein Tier brav neben einem, wenn man es darum bat?
»Äh ... Herr Kröger?«, rief Stefan unsicher – und zu seiner großen Überraschung drehte sich dieser sofort um und kam schwanzwedelnd auf ihn zugelaufen.
»Braver Hund!«, lobte Stefan und tätschelte den Fellriesen, der sich an seinem Bein rieb. Eine Leine war offensichtlich nicht nötig. Stefan beschloss, es darauf ankommen zu lassen. Wenn er zufällig an einer Tierhandlung vorbeikäme, könnte er sich ja immer noch darum kümmern.
Einen kurzen Spaziergang später, währenddessen Stefan auch noch beobachten durfte, dass Herr Krögers Verdauungsapparat nicht nur Überschwemmungen, sondern auch Hundehaufen zu produzieren vermochte, die

in ihrer Größe dem K2 nur geringfügig nachstanden, kehrten der erleichterte Hund und sein Herrchen heim.

Stefan lümmelte sich auf dem Sofa, sah sich im Fernsehen eine Eddie-Murphy-Actionkomödie an, die von so vielen Werbespots unterbrochen war, dass er der Geschichte kaum folgen konnte, und kraulte Herrn Kröger, der seinen Kopf in Stefans Schoß gelegt hatte, gedankenverloren hinter den Ohren. Es störte Stefan seltsamerweise nicht, dass sein Hund dabei dermaßen sabberte, dass es zweifelsohne einen sehr obszönen Anblick bieten würde, wenn Stefan später aufstehen und den feuchten Fleck zwischen seinen Beinen im Spiegel betrachten würde. Egal. Er und Herr Kröger – das war überraschend *gemütlich*. Es war *nett*. Und so war es wohl nur fair, seinen neuen Partner über seine geheime Mission aufzuklären.

»Du bist mein Brünetten-Köder«, sagte Stefan zu seinem Hund. »Mit deiner Hilfe werde ich die Frau meiner Träume bekommen.«

Herr Kröger blickte müde nach oben.

»Ich träume schon seit Wochen von ihr«, erklärte Stefan.

Herr Kröger gähnte unverhohlen.

»Das ist dir scheißegal, oder?«, lachte Stefan.

Herr Kröger schloss die Augen.

Als Stefan am nächsten Morgen erwachte, lag Herr Kröger, dem er vor dem Schlafengehen eine Wolldecke

in der Zimmerecke als Schlafplatz zugeteilt hatte, neben ihm im Bett. Leise vor sich hin schnarchend fläzte sich das Tier auf einem Teppich aus Hundehaar, und verblüfft stellte Stefan fest, dass er im Schlaf unbewusst seinen Arm um Herrn Kröger gelegt hatte.
Er ... *umarmte* den Hund!
Stefan konnte sich nicht erinnern, jemals mit einer Frau *im Arm* aufgewacht zu sein. Und das, obwohl eine solche im Zweifelsfall besser gerochen hätte. Er löste die Umarmung erschrocken, woraufhin Herr Kröger die Augen aufschlug, die Schnauze zu einem veritablen Gähnen aufriss und dabei einen Geruch verströmte, als sei die Taube in seinem Hals zwischenzeitlich verreckt und bereits ins Stadium der Verwesung übergegangen.
»Puh!«, lachte Stefan und hielt sich die Nase zu.
Herr Kröger machte Anstalten, seinen Menschen abzulecken, doch der konnte sich mit einem gezielten Sprung aus dem Bett rechtzeitig in Sicherheit bringen.
Ein paar Minuten später öffnete Stefan eine der überdimensionierten *Chappi*-Dosen, die er tags zuvor gekauft hatte, und füllte deren Inhalt auf einen Suppenteller, den er vor Herrn Kröger auf den Fußboden stellte. Als der riesige Hund den keineswegs kleinen Haufen Fleischglibber mit nur vier Happen und unter beträchtlichem Schwanzwedeln absorbierte, lächelte Stefan.
Stefan duschte, zog sich an und klopfte seinem Hund, der die Körperpflegeprozedur mit unverhohlenem Interesse verfolgt hatte, fröhlich auf den breiten Rücken.

»Na los, mein Großer! Wir wollen spazieren gehen«, rief er und ertappte sich dabei, dass seine Stimme diesen eigentümlichen Tonfall annahm, der ausschließlich Kindern und Tieren vorbehalten ist. Diesen *Dudu-dada-ja-wer-ist-denn-da*-Duktus, den Stefan bislang immer als hochgradig peinlich empfunden hatte. Dieses infantile Gebrabbel war ihm einfach so herausgerutscht. *Seltsam*, dachte Stefan kurz. Doch dann knuddelte er Herrn Kröger noch einmal und sah ihm tief in die Augen: »Ich zeig dir heute unser Jagdgebiet. Heute ist Generalprobe! Morgen kommt dann die Brünette. Dann musst du zeigen, was du kannst!«
Herr Kröger legte den Kopf schief und sah sein neues Herrchen an. *Ich verstehe kein Wort, von dem, was du da faselst,* schien sein Blick zu sagen, *aber ich finde dich trotzdem nett.*

Stefan hatte Ralf gebeten, sich die nächsten beiden Tage allein um den Laden zu kümmern. Ralf hatte nur zähneknirschend zugestimmt. Er hielt Stefans Hundeplan immer noch für ausgemachten Schwachsinn.
Ob Herr Kröger dem Plan wirklich Beachtung schenkte – oder ob er nur angenehm überrascht war, dass dieser Mensch endlich begriffen hatte, dass ein Hund gerne ein bisschen durch die Gegend läuft –, würde wohl sein Geheimnis bleiben. Jedenfalls trottete er brav an Stefans Seite, scherte nur manchmal ein paar Schritte aus, um an einem Baum oder Busch zu schnuppern oder kurz das Bein zu heben. Hin und wieder sah der

Riesenhund beim Laufen mit seinen großen, sanften Augen zu seinem neuen Herrchen empor. Stefan ertappte sich dabei, dass er Herrn Kröger freundlich zuzwinkerte.

Eine Viertelstunde später waren die beiden an der Alster angekommen. »Hier«, sagte Stefan und zeigte auf die Bank, »hier beginnt morgen um exakt 1100 GMT die Geheimoperation *Beauty-Caper*. Ich erwarte einen zügigen und komplikationsfreien Zugriff.« Stefan imitierte die Militärsprache, die ihn schon in Dutzenden von Hollywood-Kriegsfilmen amüsiert hatte. Herrn Kröger allerdings entging der satirische Wert der Worte gänzlich. Er legte den Kopf schief und sah Stefan ohne erkennbares Amüsement an. Stefan lachte und kraulte seinen Hund am Hals. Herr Kröger wedelte begeistert mit dem Schwanz.

Es war ein schöner, sonniger Tag. Und so beschloss Stefan den Spaziergang noch ein wenig fortzusetzen. Gemeinsam mit Herrn Kröger ging er weiter den Alsterwanderweg entlang.

Der Hund erwies sich als außergewöhnlich folgsam. Andere Vierbeiner ignorierte er zumeist. Herr Kröger schien völlig zufrieden damit zu sein, mit seinem Zweibeiner gemütlich den Kiesweg entlangflanieren zu dürfen. Hin und wieder ruckte sein Kopf allerdings schnell zur Seite, und für einen Moment schien das Ungetüm von Hund ein kleines, ängstliches Wesen zu sein, das sich vergewissern wollte, dass es auch nicht allein gelassen worden war.

Stefans Gedanken schweiften ab. Zuerst malte er sich beim Gehen noch die besten Sprüche und Dialogkonzepte für seine morgige Brünetten-Attacke aus. Dann sinnierte er ein wenig über eine Umgestaltung seines Geschäfts. Doch dann verschwand jeder komplizierte Denkprozess, und Stefan begann einfach, sich an den Bäumen zu erfreuen, an den bunten Segeln der Boote, die im Fluss kreuzten, an den weißen Wolken am hellblauen Himmel. Und irgendwann dachte Stefan dann an gar nichts mehr. Er merkte nicht einmal, dass auf seinem Gesicht ein breites, kindliches Lächeln Einzug gehalten hatte.
Erst als Herr Kröger wieder einmal an einen Baum pinkelte, bemerkte Stefan, dass auch er einen deutlichen Druck auf der Blase verspürte. Er schaute auf die Uhr. *Oh, Mann!* Er war seit drei Stunden unterwegs! Drei Stunden! Stefan konnte sich nicht erinnern, jemals so lange freiwillig gelaufen zu sein. Er hatte die komplette Außenalster umrundet, war dann die Binnenalster entlang in Richtung Wallanlagen gegangen, hatte den dortigen Park komplett durchstreift und war dann sogar noch zu den Wiesen am Bismarckdenkmal und schließlich bis zum Hafen hinuntergelaufen. Und er hatte es kaum bemerkt! Stefan spürte eine wohlige Erschöpfung. Es fühlte sich wunderbar an!
Er kniete sich zu Herrn Kröger hinunter und sah ihm in die Augen. »Hast du Hunger?«
Vielleicht verstand ihn der Hund, vielleicht freute er sich auch einfach nur darüber, dass sein Mensch zu

ihm sprach. Auf jeden Fall wedelte er wieder begeistert mit dem Schwanz.
Stefan kaufte an einem Imbiss an den Landungsbrücken vier Bratwürste. Drei bekam Herr Kröger, der sie ohne großes Kauen in sich hineinschnorchelte, eine aß Stefan selbst. Dann bestiegen der zutiefst zufriedene Hundebesitzer und sein überdimensioniertes Haustier die U-Bahn und fuhren nach Hause.

Als Stefan am Abend auf dem Sofa saß und den Fernseher einschaltete, rief er Herrn Kröger zu sich. Der Hund kam freundlich brummelnd angetrödelt, legte sich neben sein Herrchen und schlief kurz darauf ein. Stefan legte die Hand auf den Bauch des Tieres. Es war ein schönes Gefühl, wie sie sich unter dem schweren Atem des Tieres hob und senkte.

Als die beiden am nächsten Tag erwacht waren, erledigte Stefan in Ruhe seine Morgentoilette. Er verbrachte mehr Zeit als sonst damit, die richtigen Klamotten auszuwählen und seine Haare einem komplizierten Gel-Design zu unterwerfen.
Dann zog er seine Schuhe an, öffnete die Haustür und rief seinen Hund.
»Schnapp mir die Brünette!« Stefan strubbelte seinem Haustier über den Kopf. »Sei ein guter Hund! Hol mir die Superfrau! Braaaver Hund, braaaver Hund!«
Herr Kröger wedelte euphorisch mit dem Schwanz und begann aufgeregt herumzuzappeln, als könne er es gar

nicht erwarten, seinem Herrchen eine Prachtfrau zu apportieren.
»Braaaaver Hund«, sagte Stefan noch einmal, kraulte seinen neuen Freund hinter dem Ohr, wo Herr Kröger es, wie er herausgefunden hatte, besonders gern mochte, und öffnete dann die Wohnungstür.
Herr Kröger preschte sofort begeistert hinaus.
Und irgendjemand hatte an diesem Tag die Haustür nicht geschlossen, sondern offen stehen lassen.
Stefan wohnte am Mittelweg. Auch wenn der Name einen anderen Eindruck erweckt, so ist der vermeintliche *Weg* tatsächlich eine breite, besonders am Vormittag enorm befahrene Straße. Statt nun aber, wie am Vortag, brav vor der verschlossenen Haustür zu warten und dann gemütlich auf dem Fußweg zu bleiben, sprang Herr Kröger, der es nicht besser wusste, mit Riesensätzen auf den Radweg.
Ein Fahrradkurier, der in gewohnt schneller Fahrt herangedüst kam, konnte dem überraschend vor ihm aufgetauchten Hundekoloss nicht mehr ausweichen.
Er drückte seine Klingel. Das schrille Geräusch war verblüffend laut und durchdringend.
Der Kurier riss seinen Lenker zur Seite.
Mit einem lauten Krachen und Scheppern crashte er gegen einen Poller und stürzte dann laut schreiend auf den Fußweg.
Herr Kröger, für dessen feines Hundegehör das alles wie eine einzige gigantische Explosion klang, schrak zusammen und rannte in Panik zur Seite.

Direkt auf die Straße.
Reifen quietschten.
Es gab einen dumpfen Knall, entsetzlich laut. Ein kurzes, schreckliches Winseln. Und dann herrschte für ein paar Sekunden Stille. Absolute Stille. Es war, als wäre die Welt stehen geblieben. Stefan wusste, dass er schrie, doch er hörte seine eigene Stimme nicht. Er sah die Passanten, die auf ihn zuliefen, er sah andere Autos rapide bremsen, damit sie keinen Auffahrunfall verursachten. Doch er *hörte* nichts davon. Für einen kurzen Moment war nichts real.
Das Erste, was schließlich zu seinen Ohren vordrang, war eine Frau, die »Oh mein Gott!« rief. Dann bemerkte er den Mann, der Herrn Kröger angefahren hatte, der nun aus seinem Auto gestiegen war und neben Stefan stand und aufgeregt immer wieder brabbelte, dass er den Hund nicht habe kommen sehen, dass er nichts dafür könne. Stefan bekam wie durch einen Nebel mit, dass sich der Fahrradkurier fluchend erhob, auf sein Rad schwang und einfach weiterpreschte. Eine junge Frau meckerte Stefan an, ob er seinen Hund nicht besser hätte erziehen können.
Stefan reagierte auf nichts davon.
Langsam, wie in Trance, ging er auf Herrn Kröger zu, der halb unter dem Wagen lag. Sein linkes Hinterbein war von einem der Reifen schwer verletzt worden.
Herr Kröger blickte mit leeren Augen in die Luft. Er machte kein Geräusch, außer einem gelegentlichen

leisen Keuchen. Der Brustkorb des Hundes hob und senkte sich mühsam.

»Ruft einen Krankenwagen!«, schrie Stefan. So laut, dass es in seinen Ohren klingelte. »Wir brauchen einen Krankenwagen!«

»Krankenwagen sind nicht für Hunde«, quakte ein Rentner. »Wo kämen wir denn da hin?«

»Mein Hund!«, schrie Stefan. Und seine Stimme überschlug sich. Dann sah er, dass eine Frau auf der gegenüberliegenden Seite eine Wolldecke auf der Ladefläche ihres Kombis ausgebreitet hatte und nun zwei Männer aufforderte, ihr zu helfen, den Hund in den Wagen zu hieven. Einer der Männer knurrte, sein Anzug sei von Hugo Boss. Täte ihm echt Leid, ein andermal gerne. Die Frau ignorierte ihn und ging auf Stefan zu. »Wir müssen ihn ganz vorsichtig anheben«, sagte sie. Stefan nickte, ging in die Knie, zog das arme Tier gemeinsam mit der Frau und einem anderen Mann, dem das Schicksal seiner Kleidung angenehm gleichgültig war, unter dem Auto hervor. Gemeinsam hoben sie Herrn Kröger hoch. Der riesige Hund jaulte leise, während er zum Kombi der Frau getragen wurde.

»Wir würden das Bein amputieren müssen«, sagte der Veterinär in der tierärztlichen Notfallpraxis. »Ihr Hund hat außerdem eine Menge Blut verloren. Und wir können die inneren Verletzungen noch nicht absehen. Ich bin mir nicht sicher, ob er aus der Vollnarkose überhaupt wieder aufwachen würde.« Der Tierarzt zuckte mit den Schultern. »Es tut mir Leid«, sagte er. »Aber es wäre durchaus legitim, wenn Sie entscheiden, dass wir den Hund einschläfern. Seine Behandlung, die Operation – das würde mehrere Tausend Euro kosten. Und die Erfolgsaussichten sind, wie gesagt, eher gering.«

Einschläfern?

Herrn Kröger *umbringen*?

»Geld ist egal«, sagte Stefan bestimmt, obwohl das kleine Schreibwarengeschäft derzeit alles andere als gut lief. »Bitte geben Sie Ihr Bestes«, flehte er den Arzt an. »Bitte.«

»Natürlich«, sagte der Veterinär und legte Stefan die Hand auf die Schulter.

Als Stefan sich im Wartezimmer niederließ, kam eine Sprechstundenhilfe auf ihn zu. »Es macht keinen Sinn, wenn Sie warten«, sagte sie mit sanfter Stimme. »Ihr Hund wird erst in zwei oder drei Stunden operiert. Momentan stabilisieren wir ihn noch. Und danach kann es Stunden dauern, bis wir wissen, ob er aus der Narkose erwacht. Gehen Sie nach Hause. Ruhen Sie sich aus. Wir melden uns sofort bei Ihnen, wenn ... wenn es etwas Neues gibt.«

Sie hatte natürlich Recht. Stefan nickte. »Ich gebe Ihnen meine Handynummer«, sagte er und schrieb die 0172-Ziffernfolge auf die Rückseite seiner Visitenkarte. Die Telefonnummer des Geschäfts auf der Vorderseite strich er durch. Er würde jetzt nicht arbeiten können.

Stefan war mit dem Taxi nach Hause gefahren, hatte geduscht, hatte sich gezwungen, ein Brot zu essen. Seine Hände zitterten. Er wollte sich ablenken, doch als er den Fernseher einschaltete, dauerte es keine zwei Minuten, bis ein Werbespot für *PAL Pedigree* kam, in dem fröhliche Jagdhunde auf einer Wiese herumtollten. Stefan erhob sich, zog seine Jacke an und ging nach draußen.

Mechanisch ging er den Weg, den er immer ging. Ein Stück den Mittelweg entlang, dann rechts in die Milchstraße. Er blickte auf den Boden, während er lief. Plötzlich spürte er ein Rucken an seiner Schulter – er hatte in seiner Unachtsamkeit jemanden angerempelt. »Entschuldigung«, murmelte er mechanisch. Und als er aufschaute, sah er eine junge Frau, deren Augen in tiefen Höhlen verborgen waren und die ein Kopftuch trug. Offensichtlich wurde sie mit einer Chemotherapie behandelt. »Halb so schlimm«, lächelte die Frau. Stefan nickte geistesabwesend.

Nach ein paar Minuten kam Stefan an der Alster an. Er setzte sich auf die Parkbank, auf die er sich immer setzte. Er dachte an Herrn Kröger, als er auf das Wasser blickte. Stefan fühlte sich entsetzlich. Und er fühlte sich schuldig. Es tat furchtbar weh. Und zum ersten Mal, seit er ein Kind war, rann ihm eine Träne aus dem Augenwinkel.

»Alles okay?«, hörte Stefan plötzlich eine warme, leicht rauchige Stimme. Und als er sich zur Seite drehte, traute er seinen Augen kaum: Es war die Brünette!

Stefan wischte sich eilig die Träne aus dem Gesicht und zwang sich zu einem Lächeln. »Ja, alles okay.«
Die Brünette lächelte: »Was im Auge gehabt?«
»Ja ...«, sagte Stefan. »Äh ... Nein. Aber ist schon okay. Mein Hund ... Mein Hund ist krank.«
Die Brünette strahlte Stefan euphorisch an: »Sie haben einen Hund? Ich hab auch einen Hund! Heute ist er ausnahmsweise mal bei meiner Mutter. Ich wollte in Ruhe ein paar Dinge besorgen.«
»Einkauf?«, lächelte Stefan.
»*Donna Karan*«, strahlte die Brünette. »Die neuste Kollektion. In Flieder.« Sie brachte sich vor Stefan in Position. »Glauben Sie, dass Flieder mir steht?«
»Sie würden sogar in asphaltgrau noch atemberaubend aussehen«, sagte Stefan ohne den rechten Funken Überzeugung.
Die Brünette lächelte geschmeichelt. Aber es war offensichtlich, dass sie derlei Komplimente öfters erhielt.
»Was genau hat denn Ihr Hund?«, erkundigte sie sich.
»Er hat sich das Bein gebrochen«, murmelte Stefan.
»Ach, das wird schon wieder«, versicherte die Brünette ihm. Und insgeheim fand sie es rührend, dass ein erwachsener Mann - ein *gut aussehender*, erwachsener Mann – über die mehr oder weniger geringfügige Verletzung seines Hundes eine Träne vergießen könnte. So viel Sensibilität ist man von den Kerlen ja weiß Gott nicht gewohnt. »Ich heiße Sophie«, strahlte sie Stefan an.
»Stefan«, sagte Stefan.

Für eine Sekunde herrschte Schweigen. »Ich liebe die Alster!«, sagte Sophie schließlich. »Und Mupfti mag es hier auch.«
Stefan sah Sophie für einen Moment ratlos an.
»Mupfti ist mein Hund«, erklärte Sophie lächelnd. »Raten Sie mal, was für eine Rasse es ist! Na, was für ein Hund passt zu mir?«
»Bullterrier«, sagte Stefan – und bemerkte an Sophies heruntergeplumpster Kinnlade, dass ihr Sinn für Humor offenkundig etwas unterentwickelt war. »Bullterrier«, wiederholte er also eifrig, »wird's ganz sicher nicht sein. Ich tippe mal ... mmh, auf *Boutique... äh*, West Highland Terrier.«
Sophie fiel vor Begeisterung fast von der Bank. »Wow! Das stimmt! Wie haben Sie das bloß erraten?«
Stefan grinste.
»Hören Sie«, lächelte Sophie, »das ist jetzt vielleicht ein bisschen aufdringlich, aber ich habe Lust auf einen Cappuccino. Hätten Sie vielleicht Lust, mich zu begleiten?«
Das durfte ja nicht wahr sein! Die Brünette nahm alles selbst in die Hand! Sie sprach ihn an, jetzt schubste sie das erste Date an ... Wahnsinn! Aber – warum fühlte es sich gar nicht so toll an? Wo war die Begeisterung?
Stefan horchte in sich hinein.
Nichts.
»Ja, klar. Gerne«, sagte er trotzdem.
»Supi!«, strahlte Sophie und erhob sich. »Gehen wir doch gleich da vorn zu *Paolino*.«
»Supi«, echote Stefan. Und lachte innerlich.

Als sie den Alsterwanderweg entlanggingen, plapperte Sophie unentwegt. Sie kehrte noch einmal zu Donna Karans verwegener Flieder-Kollektion zurück und freute sich wortreich über die Super-Sonne, in der sie sich so gern aale. Und wie stark es sei, dass es neuerdings in Hamburg öfter mal helle Tage gebe. Stefan verzichtete darauf, das Ozonloch ins Gespräch zu bringen.

Und dann klingelte das Handy!

»Oh!«

Hektisch griff er in seine Jackentasche. Vor Aufregung fiel ihm das Mobiltelefon jedoch aus der Hand. Eilig hob er es von der Wiese auf.

Sophie kicherte: »Sie werden wohl nicht oft angerufen, was?«

Stefan ignorierte sie und meldete sich: »Ja?«

»Tierärztliche Notfallpraxis. Bergmann«, meldete sich eine Frauenstimme. »Herr Ludkin?«

»Ja!«, versicherte Stefan.

»Gute Nachrichten«, sagte die Stimme, der man anhörte, dass ihre Besitzerin lächelte.

»Ja?«

»Ihr Hund ist vor einer Viertelstunde aufgewacht. Seine Werte sind gut. Es sieht aus, als würde er durchkommen.«

»Oh Gott, *ja!*«, rief Stefan. Sein Herz raste. »Danke! Ich komme sofort!« Und dann rannte er los, ließ die perplexe Sophie einfach stehen, lief eilig in Richtung Mittelweg, wo sich der nächste Taxistand befand. Erst

nach hundert Metern fiel ihm auf, dass er seine Traumfrau einfach stehen gelassen hatte.
Traumfrau?
Stefan blieb kurz stehen, drehte sich um, sah Sophie, die ihn gleichermaßen perplex wie beleidigt anstarrte, ins Gesicht.
Nichts.
Und dann zuckte er mit den Schultern, drehte sich wieder um und lief weiter.

Als er eine halbe Stunde später in der Tierarztpraxis seinem Hund den Kopf kraulte und Herr Kröger ihm winselnd die Hand ableckte, lächelte Stefan. Es war das perfekte Lächeln. Er lächelte, wie er noch nie gelächelt hatte: völlig glücklich.

Marthas Feldzug

»Mama Titte hat wieder geschrieben«, grinste Jolanda Korn. Die Volontärin bei der *Hamburger Morgenpost* war für die Leserbriefspalte zuständig und kannte jene fünf, sechs Pappenheimer mittlerweile zur Genüge, die ständig und unermüdlich ihre zumeist unqualifizierte Meinung in Briefform absonderten. Mal gab es ihnen in Hamburg zu viele Radwege und Tempo-30-Zonen (»Das ist ja, als ob immer noch die Grünen dran wären!«). Mal war ihnen die Kulturlandschaft zu provinziell (»Dafür zahlen wir Steuergelder?«) oder aber zu provokant (»Da wirbt eine Musikgruppe mit dem scheußlichen Namen ›Foetus interruptus‹ ungehindert auf einem Plakat mit gesprengten Embryos!«). Mal wurde die Gebürenverordnung der Stadtreinigung bemängelt (»Es ist mittlerweile billiger, meinem toten Opa eine Luxusbestattung zu gönnen, als eine Tonne Haushaltsabfall in die Müllverbrennungsanlage fahren zu lassen.«). Zu jedem Thema hatten Jolandas sendungsbewusste Spezis ihren Senf abzugeben.

Mama Titte, die eigentlich Martha Hoffmann hieß, war jedoch in einer Hinsicht anders als die anderen. Sie war die Einzige, die sich immer wieder und wieder über *dasselbe* Thema ereiferte: über die öffentliche Zurschaustellung jenes Teils der weiblichen Anatomie nämlich, der ihr den redaktionsinternen Spitznamen eingebracht hatte.
Martha Hoffmanns Anlass der dauerhaften Empörung befand sich an der Außenalster. Auf einer kleinen Liegewiese unweit der US-amerikanischen Botschaft hatte es sich eingebürgert, dass die dort dösenden Sonnenanbeterinnen ihre Blusen, T-Shirts oder Tops abzulegen pflegten. Während die barbusige Freizeit-Fraktion bislang vorwiegend im Stadtpark anzutreffen war, hatten in diesem Jahr rund zwei Dutzend der Damen nun auch diesen innenstadtnäheren Teil von Hamburgs Grünflächen erobert. Niemand sah darin ernsthaft ein Problem – außer vielleicht, dass auf der direkt an der Wiese vorbeiführenden Straße ab sofort ein erhöhtes Stau- und Unfallrisiko herrschte, da das Gros der Fahrer lieber lange Blicke auf die zeigefreudigen Frauen als auf die Straße werfen wollte.
Doch Martha Hoffmann ging es nicht um Verkehrsgefährdung. Martha Hoffmann witterte Sodom und Gomorra!

Jolanda wedelte mit dem Briefbogen aus altmodischem, ganz sicher nicht billigem Büttenpapier. Und prompt versammelten sich drei kichernde Kollegen um

Jolanda, die Mama Titte für eine ausgesprochen unterhaltsame Spinnerin hielten. Die Volontärin räusperte sich theatralisch und las dann den Brief vor, den Martha am Tag zuvor verfasst und in den Briefkasten geworfen hatte:

Sehr geehrte Herren!
Ich wende mich, da Sie sich um mein Anliegen in Ihrer Zeitung immer noch nicht gekümmert haben, erneut an Sie.
Ich finde es empörend, dass eine Stadt, die von sich behauptet, Kultur zu besitzen, es zulässt, dass die Liegewiese an der Außenalster als Nacktgelände missbraucht wird. Wie die Tiere lümmeln sich dort barbusige Frauen und eine Horde von Männern, die sie anstarren. Es gleicht einem Wunder, dass sie bislang noch nicht über einander hergefallen sind und es gleich dort, wo Kinder zuschauen können, miteinander getrieben haben!
Wie lange wollen die Politiker es noch zulassen, dass unsere schöne Stadt sich so präsentiert? Die eigentliche Frage aber sollte sein: Wie können Frauen sich nur so schamlos zeigen? Ahnen sie wirklich nicht, was sie sich damit antun?
Ich bin sehr wütend!
Bitte schreiben Sie mal darüber!
Hochachtungsvoll

Martha Hoffmann

Es war der mittlerweile achte Brief, den Martha Hoffmann an die *Morgenpost* geschrieben hatte. Und auch wenn er sich inhaltlich nur unwesentlich von den sieben vorhergehenden Schriftstücken unterschied, war er doch wieder eine Quelle ausgesprochener Belustigung.

»Die Oma würde ich gern mal kennen lernen«, lachte Sportredakteur Grubner. »Die hat bestimmt Haare auf den Zähnen und drischt regelmäßig mit dem Regenschirm auf arme Teenager ein, die ihr in der U-Bahn nicht schnell genug den Behindertenplatz räumen!«

»Wie kann man sich bloß mit solcher Energie über so eine Lappalie ereifern«, wunderte sich Redaktionsassistentin Lisa. »Was ist das bloß für eine Frau?«

Und das war er: der Moment, in dem Jolanda beschloss, Mama Titte kennen zu lernen!

Es stank Jolanda schon lange, tagein tagaus die unerheblichen geistigen Ergüsse der *Morgenpost*-Leser verwalten zu müssen. Das wirre Gefasel, das aus den meisten Leserbriefen quoll, war von deprimierender Einfalt. Wahrscheinlich ist das auch der Grund, warum nahezu jede Karriere bei einer Tageszeitung mit der Betreuung der Leserbriefe und der Recherche für die lokalpolitischen Banalitäten beginnt: Das sind die Jobs, die niemand machen will und die deshalb stets an den Neueinsteigern hängen bleiben.

Jolanda, die schon als Kind davon geträumt hatte, Reporterin zu werden, wünschte sich bereits seit einiger

Zeit, endlich etwas Richtiges schreiben zu dürfen. Etwas Wahrhaftiges. Eine echte Reportage! Und jetzt wusste sie auch, worüber. Ein Porträt, nein: ein Psychogramm dieser alten Wachtel mit der Titten-Allergie! Ein Text voll scharfzüngiger Ironie über die greise Predigerin einer antiquierten Prüderie – das würde Jolanda die Tür zum vollwertigen Journalismus öffnen. Wenn ihr Chef das las, würde er sie mit Kusshand in die heiligen Hallen der tagesaktuellen Redaktion bitten. Martha Hoffmann sollte Jolanda Korns erster nennenswerter Schritt auf der Karriereleiter sein!

»*Das*«, sagte Redaktionsleiter Fink, »sind die kleinen Geschenke Gottes an die Boulevardpresse!« Der altgediente Journalist saß an seinem Schreibtisch und wedelte mit einem Manuskriptbogen.

»Was ist denn das?«, fragte Jolanda pflichtbewusst.

»*Ex-Model liebt Mann von der Straße*«, zitierte Fink lächelnd die Schlagzeile. Und dann las er vor:

> Sabine Wirth, besser bekannt unter ihrem ehemaligen Künstlernamen Oleanna, hat der Modelbranche endgültig den Rücken gekehrt. »Ich werde nie wieder vor einer Kamera posieren«, schwört die Schöne. »Außer vielleicht für meinen Freund!«
>
> Dieser Freund heißt Stefan Ludkin und besitzt ein Schreibwarengeschäft in Pöseldorf. Gestern machte das Paar seine Beziehung offiziell. »Ich

habe ihn am Alsterwanderweg kennen gelernt, als ich mit meinem Hund spazieren ging«, lächelt das Ex-Model. »Mein Poppi stürmte plötzlich auf seinen Hund los und die beiden begannen zu spielen. Sie waren sich auf Anhieb sympathisch. Und Herrchen und Frauchen ging es nicht anders!«

Stefan Ludkin, dessen Rottweiler-Bernhardiner-Mischling mit dem ungewöhnlichen Namen »Herr Kröger« seit einem Unfall nur noch drei Beine besitzt, hat sich bei seinem Hund für die erfolgreiche Verkupplung bereits ausgiebig bedankt: »Es gab eine Woche lang jeden Tag ein T-Bone-Steak für ihn«, verriet der sympathische Mittdreißiger lächelnd.

Jolanda grinste gequält. Was interessierte sie irgend so ein ausgedientes Laufsteg-Bunny?

»Ex-Model überlässt ihren weltweit begehrten Luxuskörper ausgerechnet einem piefnormalen Kugelschreiberverkäufer, der zu allem Überfluss auch noch einen *dreibeinigen* Hund hat!«, strahlte Fink. »Es ist ein *guter* Gott, der uns solche Geschichten serviert!«

Jolanda war immer wieder erstaunt, wie sich dieser immerhin schon sechzigjährige Mann, der in der Branche als Trüffelschwein des Tratsches gefeiert wurde, unermüdlich und aufrichtig über die Liebschaften halbprominenter Zeitgenossen freuen konnte.

Fink merkte, dass die Volontärin seine Begeisterung

nicht teilte, und legte das Manuskript zur Seite. »Nun, liebe Jolanda«, lächelte er sie an, »was kann ich für Sie tun?«

»Ich möchte eine Reportage schreiben«, sagte Jolanda frei heraus.

»Und worüber?«, fragte ihr Chef nach.

»Über Martha Hoffmann.«

Fink zuckte mit den Schultern. »Und diese mir völlig unbekannte Dame ist interessant, weil ...?«

»Sie befindet sich auf einem Kreuzzug gegen barbusige Frauen an der Außenalster«, erklärte Jolanda. Und weil das martialische Substantiv *Kreuzzug* und das verheißungsvolle Adjektiv *barbusig* zwei Worte waren, bei denen es jedem auch nur ansatzweise kompetenten Boulevardredakteur in den Ohren klingelt, ließ sich Redaktionsleiter Fink die ganze Geschichte erzählen.

»120 Zeilen«, sagte er, nachdem er sich alles angehört hatte. »Aber nur, wenn die Alte das hergibt. Ein bisschen irre muss sie schon sein.«

»Worauf Sie sich verlassen können!« Jolanda strahlte.

Sie hatte beim *Sushi-Circle* zwei volle Schalen Delikatessen-Takeaway mitgenommen und im Alsterhaus noch eine Flasche Champagner gekauft. Der Beginn ihrer steilen journalistischen Laufbahn musste schließlich gefeiert werden! Als Jolanda zu Hause die Tür aufschloss, rief sie sofort nach ihrem Freund: »Nick!« Keine Antwort. »Nick?«

Jolanda stellte die Tüte mit den Leckereien auf den

Tisch, behielt den Champagner aber in der Hand und ging zum hinteren Zimmer. Und richtig: Dort saß Nick an seinem Keyboard, den Rücken der Tür zugewandt, die Kopfhörer auf den Ohren und die Augen starr auf ein Notenpapier gerichtet, auf das er gerade hastig ein paar Symbole kritzelte. Jolanda wusste, dass Nick völlig in seine Komposition versunken war und sich bis an den Rande eines Herzinfarkts erschrecken würde, wenn sie ihn jetzt berührte. Deshalb betätigte sie – wie so oft – energisch den Lichtschalter. An. Aus. An. Aus. An. Aus.

Endlich drehte sich Nick zu ihr um, nickte mürrisch und fragte, als er die Flasche in ihrer Hand sah, erstaunt: »Irgendetwas Besonderes heute?«

Jolanda machte sich nicht die Mühe zu antworten. Nick hätte sie sowieso nicht gehört; er hatte immer noch den Kopfhörer auf. Und wie aufs Stichwort drehte er sich auch schon wieder zu seinem Keyboard um.

In der Küche drapierte Jolanda die Sushi, das Sashimi, die Spinatblätter in Erdnusssoße und den Seetang-Salat dekorativ auf zwei Teller, holte Gläser aus dem Schrank, deckte den Tisch, dimmte das Licht und zündete zwei Kerzen an. Dann ging sie wieder in Nicks Zimmer und schaltete das Licht ein und aus.

»Oh nein! Nerv nicht!«, brüllte Nick, ohne sich auch nur zu ihr umzudrehen. »Ich komme, wenn ich hier fertig bin!«

Jolanda setzte sich in der Küche an den Tisch und wartete.
Sie wartete über eine Stunde.
Das Sushi stellte sie zurück in den Kühlschrank. Ebenso den Champagner. Als Nick endlich auftauchte, waren die Kerzen schon halb heruntergebrannt.
»Ich hab endlich den Zwischenteil!«, strahlte er euphorisch. »Du weißt schon, diesen Part zwischen dem zweiten Refrain und dem Saxophon-Solo. Ich hab den Teil endlich geknackt!«
»Das ist ja toll«, lächelte Jolanda.
Sie ging zum Kühlschrank, holte den Champagner heraus und goss den beiden ein. Dann stellte sie das Essen zurück auf den Tisch.
»He«, grinste Nick vielsagend. »Sushi, Schampus ... Will da etwa jemand mit Papas Zauberstab spielen?«
Jolanda seufzte innerlich. Sie hatte ganz plötzlich keine Lust mehr, Nick von ihrem Erfolgserlebnis zu erzählen. Aber sie hätte auch gar keine Chance dazu gehabt – ihr Freund, der die edlen und teuren japanischen Häppchen mit derselben Gleichgültigkeit konsumierte, mit der er auch eine Leberwurststulle gemampft hätte, redete ununterbrochen von seinem neuen Instrumentalpart, von irgendeiner neuen Effektmaschine, die er sich anschaffen wollte, und dass er mit seiner Band womöglich bald einen Gig im *Logo* haben würde.
Später hatten sie Sex. Während Nick auf ihr stöhnte, dachte sich Jolanda ein paar gute Fragen für Mama Titte aus.

Das Treffen fand direkt am ›Tatort‹ statt. Martha Hoffmann, die hocherfreut gewesen war, als sie Jolandas Anruf erhielt, wollte der jungen Journalistin die »deprimierende Szenerie« höchstpersönlich zeigen. Und so hatten sich die beiden Frauen an einer Parkbank verabredetet, direkt an der berüchtigten Liegewiese.
Es war ein heißer und völlig wolkenloser Sonntagnachmittag. Jolanda, die es kaum fassen konnte, wie aufgeregt sie war, hatte bereits eine Viertelstunde zu früh Stellung bezogen. In Gedanken ging sie zum wiederholten Mal ein rundes Dutzend griffiger Sprüche und Wortspiele durch, die sie in ihrem Artikel über Martha Hoffmann benutzen wollte. Es sollte ein pures Lesevergnügen werden, eine Reportage voll hinreißend süffisanter Bonmots, die die *Morgenpost*-Leser zu einem amüsierten Giggeln reizen sollte. Natürlich hatte sie auch schon ein genaues Bild von Martha Hoffmann vor Augen – sie rechnete mit einer grantigen, grauhaarigen, dicken Matrone, die ihren wogenden Busen, für den sie sich vermutlich unendlich schämte und den sie nur im Dunkeln unter der Dusche einseifte, unter einem bis oben zugeknöpften grauen Trenchcoat verbarg.
Jolanda hatte sich gerade auf der Parkbank niedergelassen, als sie hinter sich eine Stimme hörte. »Sie sind ja noch ein richtiges Baby«, stellte da jemand mit einem amüsierten Staunen fest. Als Jolanda sich umdrehte, sah sie eine Frau, die Ende 60, vielleicht auch schon Anfang siebzig war. Sie war relativ klein, aber

nicht auf jene gebückte Art, die viele Frauen im Alter annahmen; nein, sie wirkte zierlich und würdevoll, war ungeschminkt und trug ihr graues Haar zu einem Dutt zusammengesteckt, der eine Strenge suggerierte, die so gar nicht zu ihren Augen passen wollte. Martha Hoffmann hatte leuchtende, strahlende, wasserblaue Augen, die schalkhaft funkelten. Allerdings trug Mama Titte tatsächlich einen komplett zugeknöpften, dünnen grauen Mantel. Was war das bloß mit alten Frauen und Mänteln? Wie hielten die das aus? Stellten die Schweißdrüsen im Alter ihre Funktion ein?
Jolanda, die für ihre Story auf Martha Hoffmanns Sympathie angewiesen war, hatte trotz der Hitze darauf verzichtet, einen ihrer kurzen Röcke oder ein bauchfreies T-Shirt zu tragen. Sie hatte sich stattdessen einen langen Sommerrock und eine dezente Bluse angezogen. Sie sah aus wie ein braves Mädchen.
»Frau Korn, nehme ich an«, sagte die alte Dame und streckte ihre Hand aus.
»Frau Hoffmann, vermute ich«, lächelte Jolanda.
»Angenehm!« Mama Titte lächelte. Und bei diesem Lächeln funkelten die Aquamarin-Augen der alten Dame gleich noch ein bisschen mehr.
Ich muss diese erstaunlichen Augen im Artikel erwähnen, machte sich Jolanda eine mentale Notiz.
Einige der Leute, die auf der Wiese lagen, musterten die beiden Frauen unverhohlen. Martha Hoffmann war hier offenbar keine Unbekannte. Eine Frau, die nichts als ein knappes Bikini-Höschen trug, stupste ihren

Freund an, der neben ihr lag und in dessen üppiger Brustbehaarung ein Goldkettchen begraben war. Die Frau zeigte auf Marthas Begleiterin und sagte kichernd irgendetwas zu dem Mann. Der lachte. Vermutlich amüsierten sich die beiden, dass die alte Oma, die es sich zur Lebensaufgabe gemacht hatte, gegen nacktes Fleisch ins Feld zu ziehen, eine jugendliche Unterstützerin bekommen hatte. Jolanda schämte sich. Plötzlich hatte sie das Gefühl, mit ihrem langen Rock und ihrer biederen Bluse wie eine Zeugin Jehovas zu wirken. Sie hätte den Leuten auf der Wiese gern gezeigt, dass sie Martha Hoffmann genauso lächerlich fand wie sie. Aber das ging natürlich nicht.
Jolanda schaltete ihr Diktiergerät ein. Jetzt würden alle sehen, dass sie eine Reporterin war. »Also, Frau Hoffmann«, begann sie und schwenkte das kleine Aufnahmegerät mit etwas übertriebener Offensichtlichkeit, »was genau finden Sie denn an den nackten Sonnenanbeterinnen so verwerflich?«
Die alte Dame räusperte sich. »Nun«, begann sie zögernd, »zuerst einmal gehört sich so etwas nicht. Es ist primitiv.«
Jolanda sah Martha Hoffman nur an. Erste Grundregel des investigativen Journalismus: *Nicht reagieren!* Lange Gesprächspausen animieren die Gesprächspartner oft dazu, einfach loszuplappern, Dinge zu sagen, die sie eigentlich gar nicht sagen wollten. Nur, um die Stille zu beenden. Martha Hoffmann hielt die Gesprächspause erstaunlich lange durch. Doch dann schien sie sich

zu überwinden, doch noch zu sagen, was sie wirklich sagen wollte: »Diese Frauen sind dumm!«

»Dumm?«, wunderte sich Jolanda – und innerlich jubelte sie: *Jetzt geht's ans Eingemachte! Jetzt kommen die Sprüche, bei denen sich die Leser halb totlachen werden.*

»Diese Frauen benehmen sich, als wären sie gern Putenbrustscheiben in der Auslange einer Schlachterei«, fuhr Martha fort. »Sie machen sich selbst zu Frischfleisch. Alles, was sie wollen, ist, dass Männern bei ihrem Anblick das Wasser im Mund zusammenläuft.«

Was für ein Quatsch, wollte Jolanda protestieren. *Sie wollen einfach nahtlos braun werden.* Aber natürlich sagte sie nichts. Eine gute Journalistin diskutierte nicht! Eine gute Journalistin holte nur die griffigen Sätze ab. Und Martha Hoffmann war auf dem richtigen Weg. Die Alte hatte echt eine Klatsche.

»Sie finden das also unmoralisch?«, hakte Jolanda nach und zeigte auf das gute Dutzend halb nackter Frauen, die auf der Wiese dösten. Sie brauchte irgendein Zitat, in dem das Wort Moral fiel, denn sie gedachte Mama Titte in ihrem Text als verkniffene *Moral*apostelin hinzustellen.

»Nein«, antworte die alte Frau zu Jolandas Überraschung. »Ich finde es vielmehr traurig. Ich finde es vulgär und erbärmlich.« Martha Hoffmanns Stimme gewann an Festigkeit. Sie war bereit, für ihre Meinung zu kämpfen. »Ob Sie es glauben oder nicht«, fuhr sie fort, »ich tue den Frauen einen Gefallen, wenn ich mich dafür einsetze, dass sie sich nicht mehr öffentlich entblößen dürfen.«

Perfekt!, juchzte Jolanda im Stillen. *Das wird eine erstklassige Geschichte.*

Martha musterte Jolanda mit ihren springlebendigen Augen. Und dann stellte sie nüchtern fest: »Sie denken ich bin irre, oder?«

Jolanda fiel die Kinnlade herunter.

»Ich meine«, lächelte Mama Titte, »Sie finden doch, dass eine Frau mit allen Reizen auftrumpfen sollte, die sie hat. Sie würden doch vermutlich selbst gern lieber nackt auf der Wiese liegen, als sich das prüde Gewäsch einer alten Frau anzuhören, oder?«

»Aber *nein*«, empörte sich Jolanda theatralisch. »Tatsächlich habe ich mich höchstpersönlich darum bemüht, dass Ihr Standpunkt in der *Morgenpost* vorgestellt wird. Ich fand Ihre Briefe sehr interessant!«

»Kindchen«, seufzte Martha, »ich weiß nicht, warum ihr Küken immer denkt, wir Alten wären bescheuert. Wir sind doppelt, wenn nicht sogar schon dreimal so lange auf diesem Planeten wie ihr. Wir hatten viel, viel mehr Zeit als ihr, um etwas zu lernen, etwas herauszufinden, etwas zu überdenken. Und trotzdem glaubt ihr, wir wären allesamt völlig verblödete Greise, die ihr Gehirn ausschließlich dazu benutzen, um sich den Sendetermin des nächsten *Musikantenstadl* zu merken.«

Jolanda starrte Martha entgeistert an.

»Wobei ich nichts gegen den *Musikantenstadl* gesagt haben möchte«, stellte Mama Titte klar. »Das ist eine zauberhafte Sendung.«

»Ich glaube, Sie verstehen da etwas falsch ...«, wagte Jolanda einen zaghaften Einwand.

»Tue ich nicht, Mädchen«, sagte Martha. »Ich weiß, dass ich für dich eine ulkige alte Nudel bin. Aber die Sache ist ernst. Sehr ernst.«

Jolanda hob den Kopf. Sie sah Martha Hoffmann direkt in die Augen. Da blitzte etwas in ihren Pupillen. Schmerz.

»Wenn es dir recht ist«, sagte Martha, »erzähle ich dir jetzt eine Geschichte. Das ist es doch, was Reporter wollen: eine gute Geschichte. Oder?«

Jolanda seufzte. Sie hatte Interviewtechniken an der *Akademie für Publizistik* gebüffelt und genug kluge Bücher über journalistische Techniken gelesen, um zu wissen, dass sie gerade verloren hatte. Ein guter Interviewer behält immer die Kontrolle über ein Gespräch. Heute, das musste sich Jolanda eingestehen, hatte sie sich keineswegs als gute Interviewerin erwiesen. »Sicher«, sagte sie mit einem falschen, resignierenden Lächeln, »erzählen Sie mir eine Geschichte.«

Jolanda rechnete mit allem, aber nicht mit dem, was nun passierte. Nach einer langen Pause, in der Martha einmal tief Luft holte und für einen kurzen Moment ein kaum sichtbares Zittern durch ihren Körper gegangen war, begann sie zu sprechen. Sie sprach leiser jetzt,

etwas zögerlich, als ob sie nicht sicher war, ob sie es wirklich preisgeben sollte.
»Mein Mann hat mich geschlagen, vergewaltigt und gedemütigt. Jahrelang.«
Jolanda riss verblüfft die Augen auf.
»Natürlich nannte man es damals nicht Vergewaltigung«, fuhr Martha fort. »Wir waren ja verheiratet und mein einziger Protest bestand darin, mich mit Kopfschmerzen herausreden zu wollen. Das interessierte ihn freilich einen feuchten Kehricht. Wenn er wollte, war ich dran.« Martha zitterte wieder. Es war eine Lebensbeichte, die ihr sichtlich schwer fiel. »Ich dachte damals, so sei das eben«, sprach die alte Dame tapfer weiter. »Eheliche Pflichten und so. Aber tatsächlich hat mein Mann mich benutzt wie ein Stück Fleisch. Er hat mich konsumiert. Und manchmal hat er mich weich geklopft wie ein Steak.«
Marthas gallige Metaphern irritierten Jolanda fast mehr als der Inhalt ihrer Worte. »Das tut mir Leid. Wirklich«, sagte sie. »Aber ...«
»Aber was hat das mit den nackten Sonnenanbetern auf der Alster zu tun?«, unterbrach sie Martha. »Dazu muss ich ganz vorn anfangen.«
Jolanda nickte.
»Ich habe meinen Mann 1952 kennen gelernt«, begann Martha. »Da war ich zwanzig. Es war bei einem Tanzfest in einem Café in den Wallanlagen. Man kann sich das heute kaum noch vorstellen, aber ich war eine sehr hübsche junge Frau.« Die alte Dame lächelte unsicher.

Jolanda, die Martha in die Augen sah, hatte keineswegs ein Problem, sich das vorzustellen.
»Natürlich ließen wir damals noch nicht bei jeder Gelegenheit die Brüste aus der Bluse plumpsen. Wir trugen auch keine dermaßen engen Röcke und Hosen, dass man die Linien unserer Unterwäsche erkennen konnte. Das waren ganz andere Zeiten damals. Aber natürlich hatten auch wir unsere Tricks, uns ins rechte Licht zu rücken. Wir konnten auch sexy sein! Glaub es oder glaub es nicht, Kindchen. Aber schon damals drehte sich alles um Sex.«
Martha duzte Jolanda, als wäre sie ihre Enkelin. Jolandas Status als investigative Journalistin war längst futsch. Redaktionsleiter Fink würde ihr mit einer zusammengerollten Zeitung auf den Kopf schlagen, wenn er das hier beobachten könnte. Seltsamerweise störte Jolanda das professionelle Fiasko dieser Begegnung von Minute zu Minute weniger. Sie fing tatsächlich an, sich für Marthas Geschichte zu interessieren.
»Ich war ein eitles Mädchen«, gestand Martha. »Ich sage absichtlich Mädchen, denn mit zwanzig ist man noch keine Frau. Wenn du erst mal so alt bist wie ich, dann wirst du mir zustimmen, dass der Mensch erst so etwa mit vierzig erwachsen wird. Wenn überhaupt. Also: Ich trug enge Blusen, die ich gern mal einen Knopf zu weit öffnete. Und ich wusste, wann und wie ich mich vorzubeugen hatte, um die Jungs nervös zu machen. Mein Hüftschwung war erstklassig. Natürlich macht man all diese Dinge, ohne großartig darüber

nachzudenken. Es liegt einfach in der Natur der Dinge. Jeder rückt sich selbst ins beste Licht. Und Frauen tun das eben erschreckend oft, indem sie mit ihren äußeren und nicht mit den inneren Reizen auftrumpfen.«

Jolanda wollte protestieren, verkniff es sich dann aber. Martha redete von den 50er-Jahren. Damals hatten Frauen üblicherweise keine Karriere, weniger Bildung. Vielleicht war das damals ja wirklich so. *Damals.*

»Die Jungs waren alle hinter mir her«, erinnerte sich Martha. »Ich hab sie förmlich angelockt. Sie wuselten um mich herum. Die attraktivsten, gewitztesten, schillerndsten unter ihnen. *Alpha-Männchen* nennt man die. Das habe ich mal bei Sielmans *Expeditionen ins Tierreich* gesehen: Die mit dem größten Imponiergehabe, die Affenmännchen, die sich pompös auf die Brust trommeln, die Löwen, die am lautesten brüllen – das sind die Alpha-Männchen. Meine Mutter hätte mir gern eines dieser mausgrauen Exemplare angedreht, die man damals als *gute Partie* bezeichnete. Das Beste, was man nach Ansicht meiner Eltern finden konnte, war ein Handwerksmeister mit eigener Werkstatt. Oder ein Beamter. Aber die haben sich gar nicht an mich rangetraut. Oder vielleicht fanden sie mich auch zu vulgär? Mir war das egal. Denn ich ... ich wollte Horst!«

Marthas Stimme nahm einen seltsam spöttischen Tonfall an, als sie diesen Namen aussprach. Eine kleine Modulation im Duktus, der einen ganzen Satz bedeute: *Wie konnte ich nur so dumm sein?*

»Entgegen aller Gerüchte, Klischees und dem Anschein,

den alte Johannes-Heesters- und Liselotte-Pulver-Filme erwecken, haben weiß Gott nicht alle Leute damals auf ihre Hochzeitsnacht gewartet, um ihre Unschuld zu verlieren«, erklärte Martha. »Ich jedenfalls verlor meine auf einer abgelegenen Wiese der Wallanlagen. Es war dunkel, keiner sah uns. Und es war nicht so, dass Horst mich gezwungen hätte. Ich wollte es. Er war so ein stattlicher Kerl, charmant, gut aussehend. Ich war richtig ... verliebt. Nein, heute würde man sicher sagen: Ich war scharf auf ihn. Und er liebte meine Brüste und betatschte sie bei jeder Gelegenheit. Er nannte sie seine *Dutteln. Seine* wohlgemerkt, nicht *meine.*«

Jolanda staunte über Marthas freizügige Erzählung. Das passte so gar nicht in das Klischee der prüden Großmutter. Martha Hoffmann war, zumindest in Teilen, in die Vergangenheit zurückgereist. Ein Stück der jungen Martha blitzte wieder durch.

»Die bevorzugte Verhütungsmethode bestand damals im ›Aufpassen‹. Und Horst, das sollte sich später herausstellen, hat nie sehr gut auf mich aufgepasst. Ich wurde schwanger. Und natürlich heirateten wir dann. Erstens war das damals so, und zweitens wollte ich es! Wenn Horst und ich die Straße entlanggingen, waren wir ein toller Anblick. Wir waren allerdings kein tolles Ehepaar. Horst gab sich keinerlei Mühe, mich glücklich zu machen. Die ersten zwei Jahre war es noch einigermaßen erträglich. Horst war kaum zu Hause, weil ihn das Babygeschrei nervte. Irgendwann nachts kam er üblicherweise, und dann schlief er auf dem Sofa. Ich

war die meiste Zeit mit Günther allein. Günther ist mein Sohn.«
Jetzt lächelte Martha.
»Doch als Günther nachts durchzuschlafen begann und Horst, der bei *Blohm und Voss* als Vorarbeiter malochte, das Bett wieder mit mir allein hatte, war ich fällig. So manche Nacht bin ich davon aufgewacht, dass er halb besoffen versuchte, auf mich draufzusteigen. Ich habe schnell festgestellt, dass es klüger und gesünder war, nicht zu protestieren.«
Jolanda war kurz davor, Martha einen Arm über die Schulter zu legen. Sie empfand aufrichtiges Mitleid. Doch Martha schaute an der jungen Reporterin vorbei. Sie schaute ins Leere. Trotz ihrer trockenen, mitunter gar sarkastischen Wortwahl spürte Jolanda, wie weh es der alten Frau tat, sich in diesen Teil ihres Lebens zurückzubewegen.
»Es war ein langes Elend, das man kurz zusammenfassen kann: Über dreißig Jahre lebten Horst und ich zusammen. Scheidungen waren damals nicht üblich. Ich hätte auch viel zu viel Angst gehabt. Horst schlug mich, er verlangte Sex. Ekelhafte Sachen. Immerhin wurde ich nie wieder schwanger. Und Gott sei Dank ließ er Günther in Ruhe! Sein Sohn interessierte ihn überhaupt nicht. Irgendwann wurde ich älter. Meine tollen *Dutteln* verloren ihre Festigkeit, meine Haut wurde faltig. Horst, der wie manche Männer gemeinerweise immer besser aussah, je älter er wurde, begann Affären zu haben. Mit solchen dummen jungen Mäd-

chen, wie ich es früher auch war. Immerhin vergewaltigte Horst mich nicht mehr.« Sie machte eine kurze Pause. »Er schlug mich nur noch.«
»Aber das konnten Sie doch nicht einfach so geschehen lassen!«, entfuhr es Jolanda, die nur mühsam gegen die Tränen ankämpfte.
»Ich hatte keine Wahl«, sagte Martha und setzte – wohl mehr für sich selbst als für Jolanda – hinzu: »Selbst wenn ich sie gehabt hätte, wahrscheinlich wäre ich zu dumm gewesen, sie zu ergreifen ...« Sie räusperte sich. »Und dann, eines Nachts bekam ich einen Anruf aus dem Krankenhaus: Horst war eingeliefert worden. Beide Arme, sein Unterkiefer und sein Nasenbein waren gebrochen. Er hatte Prellungen am ganzen Körper. Ich weiß nicht genau, was passiert ist, aber ich glaube, einer der Ehemänner seiner kleinen Betthäschen hat ihn erwischt und vermöbelt. Er war ein erbärmlicher Anblick. Humpelnd, beide Arme in Gips. Ich musste ihn wochenlang pflegen, ihm sogar den Hintern abwischen. Aber immerhin hat er mich seitdem nie wieder geschlagen.«
Jolanda war still geworden. Es war keine neue Geschichte. Solche Dinge gab es Tausendfach. Und doch: Es war etwas anderes, wenn man sie von einem Opfer selbst erzählt bekam. Es war beklemmend. Es war aufrichtig tragisch.
»Und um wieder zum Thema zurückzukommen«, schloss Martha, »das ist es, was man sich einhandelt, wenn man sich wie ein Objekt präsentiert. Wenn man

sich nackt drapiert, als müsse man nur noch genommen werden. Ich frage mich manchmal, wie mein Leben verlaufen wäre, wenn ich kein Alpha-Männchen angelockt hätte, sondern einen Mann mit Herz und Seele. Wenn ich Horst und alle Kerle seiner Art von Anfang an dadurch abgeschreckt hätte, indem ich mich nicht als ideales Sexspielzeug, sondern als würdevolle Frau präsentiert hätte.«

Jolanda schluckte. Martha hatte ihr Leben und ihren Schmerz offenbart. Es wäre schön gewesen, nun einfach einfühlsam nicken zu können. Aber Jolanda konnte Marthas Theorie natürlich nicht unwidersprochen lassen. »Dass man sich attraktiv zurechtmacht, dass man sich seiner eigenen Sinnlichkeit bewusst ist«, warf sie zaghaft ein, »das bedeutet doch nicht, dass man sich automatisch in die Opferrolle begibt! Es ist doch kein Zeichen von Schwäche, wenn man seinen Körper mag. Und die Frauen dort«, Jolanda nickte in Richtung Liegewiese hinüber, »die wollen sich einfach bräunen. Die wollen sich entspannen, das schöne Wetter genießen.«

»Unsinn«, antwortete Martha, doch ihre Stimme klang weniger scharf, als Jolanda erwartet hatte. »Sie preisen sich an. Sie ködern Männern. Vielleicht wissen sie selbst es nicht einmal, aber das ist alles, worum es hier geht.«

»Hören Sie, Frau Hoffmann ...«, hob Jolanda zum Widerspruch an.

»Nenn mich Martha«, lächelte die alte Frau.

«Hören Sie, Martha«, begann Jolanda und lächelte unwillkürlich zurück. »Es muss die Hölle gewesen sein mit Ihrem Mann. Doch nicht alle Männer sind so! Und es sind auch andere Zeiten, heute. Sie tun ja glatt so, als ob alle Kerle nichts als Tiere seien, die ausschließlich auf ihre niederen Instinkte reagieren. Männer interessieren sich aus vielen Gründen für eine Frau. Nicht nur wegen Sex.«

Martha lachte spöttisch: »Ja, natürlich. Männer, die feinsinnigen Wesen.«

Jolanda reagierte nicht.

»«Ich sage ja nicht, dass alle Männer so sind wie mein Horst. Gott bewahre«, lenkte Martha ein. »Doch wenn man sich wie eine Gratis-Hure anbietet, dann zieht man eben diesen Männertyp an.«

Jolanda ging das zu weit. »Gratis-Hure? Bei allem Respekt, das ist doch eine sehr antiquierte Sicht der Dinge! Sollen Frauen etwa nicht zu ihrer Sexualität stehen?«

»Doch, natürlich«, sagte Martha, die sich alle Mühe gab, locker und souverän zu wirken. In Wirklichkeit aber stand ihr das Wasser bis zum Hals. Sie wollte es sich gegenüber dieser netten jungen Frau nicht anmerken lassen, aber all das freizügige Gerede machte sie unendlich nervös. Sie war eine alte Frau, um Himmels willen! Und jetzt redete sie mit so einem Küken über Sex. Verrückt. »Natürlich sollen Frauen zu ihrer Sexualität stehen«, fuhr Martha tapfer fort. »Doch die da« – sie zeigte auf die Sonnenanbeter – »die wissen ja gar nicht, was ihre eigene Sexualität ist! Sie erfüllen nur die Klischees der Männer. Diäten bis zum Abwinken, Antifaltencreme, Sonnenbräune. Sie sind nicht zufrieden, wenn sie sich *selbst* gefallen. Sie wollen nur das vorgeschriebene Ideal erfüllen. Und am Ende bekommen sie dann als Belohnung einen Primaten. Ein Alpha-Männchen!«

Jolanda schüttelte den Kopf. »Ich kann mich doch nicht in Sack und Asche hüllen, nur um ja nicht den falschen Mann anzulocken«, protestierte sie.

Martha seufzte. »Eine Frau, die nicht mit ihrer Seele, ihrem Charakter, ihrem Geist wirbt, sondern nur mit ihrer Hülle, die hat wenig Chancen, einen Mann zu bekommen, der sie wirklich liebt. Er liebt dann eben nur die Hülle. Und auch die nicht ewig. Denn irgendwann geht sie aus dem Leim.«

Jolanda war Martha zu radikal. Es war die brutale, entsetzlich verallgemeinernde These einer verbitterten Frau. Es war tragisch. Diese alte Dame hatte ihr ganzes Leben gelitten. Sie wurde ihrer Chance auf Glück beraubt. Und so sehr es sie ehrte, dass sie anderen Frauen dasselbe Schicksal ersparen wollte, ging sie doch einen völlig grotesken Weg. Frauen das Oben-ohne-Sonnen zu verbieten, damit sie nicht an den falschen Mann geraten? Das war ein paar Nummern zu absurd.

»Haben Sie mal darüber nachgedacht, als Freiwillige in einem Frauenhaus zu helfen?«, fragte Jolanda die alte Frau. »Misshandelte Frauen zu beraten, ihnen eine Stütze zu bieten?«

»Es geht doch nicht nur um Misshandlungen«, widersprach Martha. »Frauen, die Männer mit ihren Äußerlichkeiten ködern, werden ja nicht zwangsläufig vergewaltigt und geschlagen. Aber sie werden selten einen Mann finden, der diese Äußerlichkeit zu durchdringen versucht. Sie werden immer eine Beziehung an der Oberfläche haben. Kein echtes Interesse. Keine wahre Aufmerksamkeit.«

Jolanda seufzte. Sie seufzte, weil diese Diskussion nirgendwo hinführen würde. Sie seufzte, weil sie Martha aufrichtig bedauerte. Man hat nur ein Leben, danach ist nichts mehr. Und Martha hatte dieses eine Leben vertan, nur weil sie an den falschen Mann geraten war. Es war deprimierend. Sie verstand Marthas Wut. Und einige Teile ihrer Theorie waren nicht völlig falsch. Aber unterm Strich war es dennoch eine völlig bizarre Idee, in die sich die alte Frau dort verrannt hatte. Es wunderte Jolanda nur, wie wenig gute Argumente sie dagegen fand ... Martha war eine geschickte Rednerin. Vermutlich wäre sie eine tolle Reporterin geworden. Zu einer anderen Zeit, in einem anderen Leben, mit einer besseren Chance.

Jolanda schaltete das Diktiergerät aus. »Vielen Dank. Das war ein sehr aufschlussreiches Gespräch«, sagte sie. »Sehr interessant, wirklich!«

Martha Hoffmann lächelte. »Du bist ein nettes Mädchen. Ein kluges und nettes Mädchen. Ich wünsche dir alles Gute.«

»Danke«, lächelte Jolanda. Ihr war seltsam mulmig.

Als Martha Hoffmann an diesem Abend nach Hause kam, hatte sie Tränen in den Augen. Vielleicht hatte diese junge Reporterin ja Recht.
Vielleicht war es nicht nur eine Frage der Freizügigkeit. Vielleicht war es eine Frage der Stärke.
Vielleicht bestand der Trick nicht darin, sich unscheinbar zu geben, sondern darin, die falschen Männer dahin zu schicken, wo sie hingehörten: zur Hölle! Vielleicht war es ja wirklich so einfach. Diese Jolanda von der *Morgenpost*, das war eine starke Frau. Die würde sich ganz sicher von keinem Mann herumschubsen lassen. Die würde ihr Glück finden – weil sie dafür kämpfen würde. Die Frauen heute hatten einfach mehr Selbstbewusstsein. Sie waren sich ihrer selbst so beneidenswert sicher.
Ich bin zu früh geboren worden, seufzte Martha. *Und ich war zu feige. Und jetzt suche ich Ausreden.*
Martha Hoffmann ging ins Wohnzimmer und betrachtete die gerahmten Bilder an der Wand. Günther als Baby. Günther und seine Karin bei der Hochzeit. Und da, ganz oben, ihr altes Hochzeitsbild. Sie und Horst. Horst und sie. Wütend funkelte sie den Mann auf dem Foto an. Er lächelte nicht mal richtig. Er grinste. Als ob er schon plante, was er seiner Frau alles antun würde!
Warum hing das Bild da eigentlich noch immer?
Martha reckte sich, um es von der Wand zu nehmen, doch sie reichte nicht heran. Kurz entschlossen ging sie in die Küche, griff sich aus der Ecke den Schrubber, ging zurück ins Wohnzimmer und ließ den Stiel des

Schrubbers mit Wucht gegen das Bild krachen, das sich vom Haken löste und herunterfiel. Klirrend zerbarst der Rahmen auf dem Schränkchen unter ihm. Martha nahm das Bild, ohne auf das gesplitterte Glas zu achten. Sie schnitt sich an einer Scherbe. Ein paar Blutstropfen kleckerten auf das Hochzeitsfoto. Auf das Gesicht der Braut. Den stechenden Schmerz in der Hand ignorierend griff sich Martha das Bild, ging damit in die Küche und warf es mit Schwung in den Mülleimer.

»Ich habe heute eine ganz erstaunliche Frau kennen gelernt!«, sagte Jolanda, als sie abends mit Nick auf dem Sofa saß. Im Fernsehen lief *Wer wird Millionär?*.
»Ich wünschte, das würde *mir* mal passieren«, grinste Nick. Es sollte ein Scherz sein. Und wenn Jolanda nicht durch das Gespräch mit Martha hypersensibilisiert für die Makel der Männer gewesen wäre, hätte sie vermutlich sogar gelacht. So aber sah sie Nick nur an. Nachdenklich.
Nick war Musiker. Ein hochgewachsener, drahtiger Kerl, um den sie viele ihrer Freundinnen beneideten. Er war kreativ, nie um einen guten Spruch verlegen. Und er hatte einen anbetungswürdigen Knackarsch.
»Warum hast du dich in mich verliebt?«, fragte sie ihn plötzlich.
Nick war verständlicherweise überrascht. Doch nach einer Sekunde der Verblüffung antworte er: »Du sahst toll aus, du warst witzig, nicht so zickig. Wir mochten dieselbe Musik. Und du hast toll geküsst! Von anderen

Dingen ganz zu schweigen!« Er grinste. Er war sich ziemlich sicher, das Richtige gesagt zu haben. Er wandte sich wieder dem Fernseher zu.

Jolanda grinste nicht. *Das war nett*, dachte sie.

Aber als Erstes hatte er ihr Aussehen erwähnt.

Ihren Humor erst als Zweites.

Und warum redete er in der Vergangenheit? Du *sahst* toll aus, du *hast* toll geküsst, du *warst* nicht zickig.

Oh Gott!, dachte Jolanda. *Ich habe den Martha-Hoffmann-Virus! Ich fange an zu denken wie die alte Dame! Sei nicht verrückt, Jolanda!*, beschwor sie sich selbst. Aber dann flutschte ihr die Frage auch schon über die Lippen: »Liebst du mich immer noch?«, fragte sie Nick.

»Häh?« Nick hatte sie nicht richtig gehört. Er war gerade von der Quizshow gefesselt. Günther Jauch wollte wissen, ob die *Göttliche Komödie* von Shakespeare, Dante, Oscar Wilde oder Hera Lind stammte.

»Liebst du mich immer noch?«, wiederholte Jolanda ihre Frage.

»Klar. Natürlich«, sagte Nick, ohne sie anzusehen. Und dann murmelte er: »Shakespeare!«

»Wie sehr?«, drängte Jolanda.

Nick fing an, genervt zu werden. Er wollte wissen, ob er mit seiner Shakespeare-Antwort richtig lag. Aber gleichzeitig ahnte er, dass er jetzt einen Liebesbeweis herausrücken musste. Er beugte sich zu Jolanda vor und küsste sie. Er schloss dabei nicht die Augen, sondern blinzelte zum Fernseher herüber. Beim Küssen fasste er seiner Freundin wie selbstverständlich an die Brust.

Küssen ohne Sex gibt es nicht, dachte Jolanda.

»Richtig!«, strahlte Günther Jauch. »Die *Göttliche Komödie* von Dante Alighieri!«

»Scheiße!«, rief Nick.

»Also«, fragte Redaktionsleiter Fink. »Wie sieht's aus mit der alten Dame und den nackten Frauen?«

Jolanda zuckte mit den Schultern. »Nee, sorry«, sagte sie. »Da ist keine Story drin.«

»Öde?«, fragte Fink.

»Nicht direkt«, antwortete Jolanda. »Sie ist nur nicht ganz so verrückt, wie ich gehofft habe.«

»Kann man nichts machen«, sagte Fink und wendete sich wieder seinen Ausdrucken zu. Jolanda verließ sein Büro, ging zurück zu ihrem Schreibtisch und wählte die Durchwahlnummer der Kleinanzeigen-Abteilung.

»Jolanda Korn hier«, sagte sie. »Aus der Lokalredaktion. Ich würde gern eine Anzeige aufgeben. *Wohnungsgesuche.*«

Das Herz

Anne, Lara und Denise kicherten, als sie in Ludkins Schreibwarenladen standen. Sie waren alle drei fünfzehn Jahre alt, und das glucksende Kichern, das Stefan Ludkin mit einem mäßig amüsierten Kopfschütteln quittierte, gehörte zu den häufigsten Geräuschen, das die drei Teenager von sich zu geben pflegten. Sie machten sich seit Wochen einen Spaß daraus, den gut aussehenden Schreibwarenverkäufer mit kleinen frivolen Anspielungen zu necken. Und sie wären aufrichtig empört gewesen zu erfahren, dass der charmante Herr Ludkin die drei keineswegs für verführerische junge Frauen hielt, sondern bloß für alberne Kinder, denen man das Recht auf Unfug zugestehen musste.

Denise hielt sich den schwarzen, dicken *Edding*-Stift, den sie sich eben für den Kunstunterricht gekauft hatte, an den Mund. Sie stupste ihre Freundin Lara an und schob, als die sie anschaute, den Stift schnell ein Stück weit in den Mund und stöhnte kurz und leise auf. Denise und Lara gackerten hysterisch los. »Was?«, rief

Anne, die mit dem Rücken zu den beiden am Verkaufstresen gestanden und die Blödelei deshalb nicht mitbekommen hatte. »Was ist?«
Doch statt einer Antwort hörte Anne nur ein noch lauteres Prusten und Lachen. Anne wurde ein bisschen rot. Manchmal waren ihre Freundinnen ihr ein bisschen peinlich. Sie sah Herrn Ludkin achselzuckend an. Doch der reagierte gar nicht.
Der Schreibwarenverkäufer steckte Annes Tintenpatronen in eine kleine Papiertüte und lächelte. Er lächelte viel in letzter Zeit. »Auf Wiedersehen, Herr Ludkin«, hauchte Denise lasziv, als wäre sie die Wiedergeburt Marilyn Monroes.
»Ciao, die Damen«, sagte Stefan Ludkin, als die nun erneut kichernden Mädchen seinen Laden verließen.

»Das wäre ein Mann nach meinem Geschmack«, schwärmte Anne, als sie wieder auf der Straße standen.
»Spinnst du?«, quietschte Lara. »Der ist doch mit diesem Ex-Model zusammen. Das wird er für dich kaum sausen lassen. Und außerdem ist er steinalt!«
»Der ist höchstens dreißig«, protestierte Anne.
»Eben«, giggelte Denise. »*Steinalt!* Und außerdem bist du ja Mark versprochen!«
»Wie bitte?« Anne sah ihre Freundin entsetzt an.
»Oh Gott!«, rief Denise nach einem kurzen Moment der Verblüffung und wandte sich dann Lara zu. »Sag bloß, du hast es ihr noch nicht erzählt?«

»Ich dachte, *du* hättest es ihr gesagt«, antwortete Lara.
»Was denn? Was denn?«
Lara und Denise kreischten unisono los: »Sie weiß es noch nicht! Sie weiß es noch nicht!«
»*WAS* weiß ich noch nicht?«, rief die nun mächtig neugierige Anne.
»Mark ...«, prustete Denise. »Mark ist in dich verknallt!«
»Mark?«, wiederholte Anne ungläubig. Mark war keiner der Jungs, die sie auch nur ansatzweise auf der Rechnung hatte. Mark war ein *Nerd:* ein langer, dürrer Bubi, der mit seinen bescheuerten Freunden über die neue *Star-Trek*-Serie diskutierte. Extra uncool, der Typ. »Wie kommst du denn *darauf?*«, empörte sich Anne.
»Wir haben's schwarz auf weiß!«, juchzte Lara. »Das heißt: eher Kerbe in Holz!«
»Häh?« Anne kapierte gar nichts mehr.
»Wir zeigen's dir!«, kreischte Denise und griff nach Annes Hand. In aller Eile zerrte sie sie über die Straße.
»Wo wollt ihr denn hin?«, rief Anne im Laufen.
»Wirst schon sehen!«, lachte Denise.
»Ich kann nicht glauben, dass sie es noch nicht weiß!«, quietschte Lara.

Fünf Minuten später stand Anne vor einer Parkbank an der Alster. Sie traute ihren Augen nicht. In die Lehne der Bank war ein Herz eingeritzt. Und in diesem Herz stand:

Mark Hartmann und Anne Kaczmarek!

»Oh Gott!«, entfuhr es Anne, als sich ihre Freundinnen vor Lachen kringelten.

»Wir haben selbst gesehen, wie er es reingeritzt hat«, beteuerte Lara. »Er hat uns nicht bemerkt, aber wir standen höchstens hundert Meter entfernt.«

»Oh Mark! Ja, Jaaaa, Maaark!«, stöhnte Denise.

Anne schubste sie. »Spinnst du?«, rief sie. »Mit so einem Loser gebe ich mich doch nicht ab!«

»Oh, Maaaaark! Jaaaa ...«, hauchte Denise ungerührt weiter. Und Lara fing wieder an zu gackern.

Anne starrte auf das Herz. Was bildete sich dieser Idiot ein? Kannte der seine Spielklasse nicht? *Ich bin erste Liga*, dachte Anne. *Mark ist Amateur.* Kopfschüttelnd wandte sie sich von dem Herz ab. »Kommt, vergessen wir das hier. Lasst uns ein Eis essen gehen«, schlug sie ihren Freundinnen vor.

Und das Trio trollte sich.

Anne kaute gedankenverloren an einem Bleistift, während sie Mark beobachtete. Er saß auf der anderen Seite des Klassenraums. In dem Raum waren fünf Sechsertisch-Gruppen verteilt. Die ursprüngliche Idee dieser Sitzordnung bestand darin, Teamwork unter den Schülern zu fördern und den Unterricht, wie Lehrerin Krüger es gewohnt gestelzt formuliert hatte, vom »Makel der bloßen Faktenabsorbierung zu befreien«. Tatsächlich aber machten die geselligen Tischblöcke nur das Schwatzen leichter. Und es war einfacher geworden, herauszufinden, wer zu welcher Gruppe gehörte. Mit Anne am Tisch saßen natürlich Lara und Denise. Außerdem noch Marcel – Denises Freund –, dessen Kumpel Pit, der Keyboard in der Band *Vague Ideas* spielte, und Nully. Nully war cool, weil er meistens schlief. Er trieb sich die halben Nächte auf der Piste herum. Weil er extrem groß, ziemlich kräftig und mit einem dunklen Bartwuchs gesegnet war, sah er aus wie Anfang zwanzig und kam an so ziemlich jedem Türsteher vorbei. Kein Zweifel: Der Tisch, an dem Anne saß, war der Siegertisch! Hier saßen die Idole. Alle anderen in der Klasse wollten so hip, so beliebt und angesagt sein wie diese sechs. An Marks Tisch saßen dagegen nur Nullnummern.

Neben Mark hockten vier weitere Jungs und nur ein Mädchen: Nina. Nina wog höchstens 40 Kilo und hatte eine Haut wie Knäckebrot. Und weil sie dürr, busenlos und verpustelt war, sagte sie so gut wie nie ein Wort. Nina war völlig verschüchtert. Eine Aussätzige. Mark und seine Tischnachbarn bildeten immerhin eine eigene Einheit: Sie waren alle gut in den öden Naturwissenschaften, lasen ständig irgendwelche bescheuerten

Fantasy- und Science-Fiction-Bücher und tauschten in der Pause Video-CDs für den Computer. Ihr Ehrgeiz bestand darin, aus dem Internet stets die neuesten Episoden amerikanischer Fernsehserien zu saugen, bevor sie in Deutschland ausgestrahlt wurden. Anne hatte auf dem Pausenhof mal ein solches Gespräch mit angehört: Mark und sein bester Freund Luca versprachen, sich gegenseitig die kompletten Staffeln von *Smallville*, *Buffy the Vampire Slayer* und *Andromeda* zu kopieren. Wie erbärmlich.

Obwohl – das musste Anne zugeben –, eigentlich sah Mark nicht schlecht aus. Er trug zwar nichts sagende Klamotten und hatte eine lahme Frisur, die er sich wahrscheinlich bei irgendeinem uncoolen Omafriseur an der nächsten Ecke hinpfuschen ließ – aber er hatte für einen Vielleser und Computerhocker eine erstaunlich kräftige und gute Figur. Und außergewöhnlich schöne, strahlende Augen. Gerade jetzt, als sie ihn beobachtete, schien Mark an irgendetwas Amüsantes zu denken. Er lächelte gedankenverloren in sich hinein. Ein süßes Lächeln.

He, Moment mal!, schrie eine Stimme in Annes Kopf. *Mark ist doch nicht süß! Äääh! Igitt! Loser-Alarm!*

Seit drei Wochen war Anne wieder Single. Davor war sie sechs Wochen mit Barry gegangen, der schon in der Oberstufe war, von etlichen Mädchen in der Schule angehimmelt wurde und aussah wie ein Filmstar. Bedauerlicherweise war Barry so zärtlich wie ein Sumoringer und auch genauso intelligent. Es war wirklich nicht so,

dass Anne auf der Suche nach intellektueller Erfüllung war, aber Barrys geistige Kapazität unterschritt dann doch jede Schmerzgrenze. Anne hatte schon nach drei Tagen, in denen Barry rüde und unsinnlich an ihr herumgeknetet und ihr die Zunge so tief in den Hals gesteckt hatte, dass sie sich Sorgen um die Unversehrtheit ihrer Mandeln machte – und gelegentlich Sprüche abließ, die Erkan und Stefan wie Literatur-Nobelpreisträger wirken ließen –, gewusst, dass dieser Typ ein Fehlgriff war. Doch sie hielt tapfer ein paar Wochen durch. Es hob ihr Ansehen nämlich enorm. Erst war sie die Freundin von Barry – und dann war sie, was noch cooler war, diejenige, die Barry den Laufpass gegeben hatte!
Wie konnte Mark so weltfremd sein? Wie konnte er auch nur auf die Idee kommen, dass Anne und er zusammenpassen würden? Unfassbar! Tiere paaren sich doch auch nur innerhalb ihrer eigenen Spezies. Wenn Mark sich in Anne verguckte, dann war das wie ... wie ... ja, als ob ein Meerschweinchen scharf auf einen Panther wäre!
Anne beobachtete Mark schon seit einer Viertelstunde und fing an, sich zu wundern. Wenn er in sie verknallt war, warum warf er dann keine verstohlenen Blicke in ihre Richtung? Das war doch unlogisch! Anne hatte fest damit gerechnet, dass Mark immer mal wieder zögerlich und kurz zu ihr herüberschauen würde. Und weil sie in gönnerhafter Laune war, hatte sie sich sogar vorgenommen, ihm kurz zuzulächeln. Unverfänglich

natürlich. Nicht, dass er sich Hoffnungen machte. Aber doch so freundlich, dass er was zum Träumen hatte. Doch, ja – so nett konnte Anne sein. Doch um Mark diese Freude zu machen, musste er erst mal herschauen. Und das tat er nicht. Die ganze Stunde über nicht. Nicht ein einziges Mal! Unglaublich!

Große Pause. Denise plapperte irgendetwas über einen *Helly-Hansen*-Lagerverkauf, doch Anne hörte gar nicht richtig zu. Sie schaute quer über den Schulhof zu Mark hinüber. Der stand mit der dürren Nina und seinem Freund Luca an eine Mauer gelehnt. Luca zeigte irgendeinen Trick mit seinen Fingern, die er scheinbar besonders gut verbiegen konnte. Nina lachte. Mark schien in Gedanken verloren zu sein. Das war irgendwie oft der Fall, fiel Anne auf. Nun versuchte Nina, Lucas Fingertrick nachzuahmen. Sie stellte allerlei absurde Verrenkungen an, die Mark aus seiner Träumerei lockten. Anne verdrehte und verhedderte ihre Finger, den Mund konzentriert zugekniffen. Mark sagte irgendetwas und Nina lachte laut auf. Sie knuffte ihm spaßhaft in den Bauch und Mark tat so, als ob er sich vor Schmerzen krümmte. Anne ertappte sich dabei, dass sie lächelte.
Während Denise sich nun darüber eiferte, dass Anastacia ja nun wirklich nicht die Art von Figur hätte, als dass sie sich mit bauchfreien Tops präsentieren dürfte, beobachtete Anne weiterhin Mark. Der warf nicht einen einzigen Blick in ihre Richtung. Stattdessen

schaute er abwesend nach oben, ins Leere. Und wieder huschte dieses erstaunliche Lächeln über sein Gesicht. Anne hätte zu gern gewusst, woran Mark gerade dachte.

»Kommst du noch mit zu WOM?«, fragte Lara nach der sechsten Stunde. »Wir wollen ein bisschen stöbern.«
»Nee«, winkte Anne ab. »Ich habe, äh ... noch etwas vor.«
Lara, Denise und Marcel, der seinen Arm über Denises Schulter gelegt hatte und seine Freundin so energisch an sich presste, dass es eher wie Kidnapping als wie Zuneigung aussah, setzten alle drei einen *Dann-eben-nicht*-Blick auf und gingen in Richtung Bushaltestelle. Anne dagegen blieb stehen und tat so, als ob sie etwas in ihrer Tasche suchte. Tatsächlich wartete sie. Sie wusste selbst nicht wieso, aber sie wartete auf Mark. Er ging ihr groteskerweise nicht mehr aus dem Kopf. Immer wieder hatte sie an ihn denken müssen. Und obwohl sich all ihre Logik dagegen sträubte, hatte sie irgendwann beschlossen, ihm nach Schulschluss heimlich zu folgen. Sie wollte wissen, wo und wie er wohnte.
Ist ja nicht so, dass ich mich in ihn verknallt habe, sagte sich Anne. *Ich finde ihn in seiner seltsamen Art nur interessant.*
Als Mark schließlich auftauchte, wühlte Anne mit besonderer Vehemenz in ihrer Tasche. Sie bemerkte aus dem Augenwinkel, dass Mark sie kurz musterte. Dann

ging er weiter. Anne wühlte noch ein bisschen länger sinnlos in ihrer Tasche herum, richtete sich dann auf und folgte dem Jungen, der ihre Initialen in eine Parkbank geschnitzt hatte, in gebührendem Abstand.
Sie hatte nicht den Hauch einer Ahnung, wo er wohnte. Wenn er einen Bus oder die U-Bahn besteigen sollte, würde es unmöglich sein, ihm unbemerkt zu folgen. Doch Mark ging sowohl an der Bushaltestelle als auch am Bahnhof *Hallerstraße* vorbei. Er hatte sich einen Walkman ins Ohr gestöpselt. Einmal drehte er sich um, als er wartend an einer roten Ampel stand, doch Anne konnte sich rechtzeitig im Eingang einer Filiale der *Hamburger Sparkasse* ducken.
Schließlich bog Mark in die Brahmsallee ein. Anne, die rund fünfzig Meter hinter ihm ging, musste das Tempo erhöhen, um ihn nicht aus den Augen zu verlieren. Sie fiel, nachdem er außer Sichtweite um die Ecke gebogen war, in einen leichten Trab. Als sie ebenfalls um die Ecke lief ...
... stand da Mark!
»Hallo«, sagte er und sah sie ohne sichtliche Gefühlsregung an.
Anne wurde knallrot.
»Warum folgst du mir?«, fragte Mark. »Haben du und deine debilen Freunde irgendeinen Streich vor, oder was?«
Einen Streich?, dachte Anne. *Bin ich ein Kind? Sind wir hier bei Max und Moritz?*
»Ich folge dir doch nicht!«, behauptete sie vehement.

Doch sie war schon immer eine extrem schlechte Lügnerin gewesen.

Mark sah sie nur an.

»Okay, ja …«, stammelte Anne. »Ich weiß auch nicht. Ich dachte nur, weil … ach Scheiße! Mit dem Herz und so. Das ist doch alles voll bizarr und so und ich fand … ich wollte wissen, wo du wohnst und wie du ernsthaft denken kannst, dass … Kacke, ich meine …«

Jetzt musste Mark grinsen. »Du bist keine Anhängerin von zusammenhängenden Sätzen, oder?«

Annes rote Gesichtsfarbe schlug in Lila um.

»Also«, lächelte Mark, »ich wohne direkt hier. Brahmsallee 14. Zweiter Stock.« Er zeigte auf einen weiß gekalkten Altbau.

»Aha.« Etwas Intelligenteres fiel ihr nicht ein.

Die beiden sahen sich eine Weile schweigend an. *Warum gehe ich nicht einfach weg?*, fragte sich Anne. Sie stapfte unruhig von einem Bein aufs andere. Sie hatte absolut keine Ahnung, was sie hier tat! Aber irgendeine innere Stimme zwang sie, jetzt nicht die Flucht anzutreten. »Hast du … *äh*, ein eigenes Zimmer? Oder hast du Geschwister?«, fragte sie schließlich. Nur um irgendetwas zu sagen. Und hätte sich im selben Moment ohrfeigen können. *Jetzt denkt der sicher, ich will, dass er mich mit auf sein Zimmer nimmt. Wie peinlich!*

Auch Mark sah sie zweifelnd an. Es war offensichtlich, dass er diese Situation mindestens so irritierend fand wie sie. Und sicher fragte er sich immer noch, ob er gerade das Opfer irgendeines dummen Spielchens war.

»Möchtest du ... äh ... auf eine Cola mit reinkommen?«, fragte er dann jedoch überraschenderweise.
»Nein!«, rief Anne. »Äh ... ja«, korrigierte sie sich dann leise, nur um dann wieder zu stammeln: »Also, oder doch nicht. Ich ... vielleicht, ich meine ... ganz kurz.«
Mark sah sie mit gespieltem Ernst an: »Es ist verhältnismäßig schwer, mit dir zu kommunizieren.«
Jetzt musste Anne lächeln. *Kommunizieren*. Wow. Barry würde die Zunge abfaulen und aus dem Mund fallen, wenn er versuchen würde, so ein Wort auszusprechen. Und bei Mark kam es ganz selbstverständlich herausgepurzelt. »Okay, ja. Eine Cola schadet nicht.«
Mark ging die vier Stufen zur Haustür hoch, schloss sie auf und hielt sie auf, während er Anne den Vortritt ließ. *Wow*, dachte Anne schon wieder.

»Das war nicht sehr nett«, sagte Anne, als sie zwei Minuten später in Marks Zimmer, das er übrigens mit niemandem teilen musste, auf dem Bett saß.
»*Was* war nicht nett?«, fragte Mark, der auf dem Schreibtischstuhl Platz genommen hatte.
»Dass du meine Freunde debil genannt hast.« Anne nahm einen Schluck aus der Cola-Dose.
»Ist doch nur die Wahrheit. Die sind nun mal debil«, konterte Mark.
»Sind sie nicht!«, protestierte Anne.
»Lara und Denise sind zwei völlig substanzlose Modepüppchen, Marcel ist ein Arschloch, das damit prahlt, mit seinen Kumpeln abends mal einen Typen in der

Schanze zusammengeschlagen zu haben, und Nully hat sich seinen ohnehin spärlichen Vorrat an Gehirnzellen schon nahezu komplett mit Drogen und Alkohol zerstört.«

»Nully«, versuchte sich Anne zu wehren, »ist verdammt cool!«

»Es ist nicht cool, bescheuert, gleichgültig, aggressiv und selbstzerstörerisch zu sein.«

»Du hast doch keine Ahnung!«, protestierte Anne.

»Und du?« Mark sah Anne mit einer ironisch hochgezogenen Augenbraue an. »*Du* hast den Durchblick? Für dich sind meine Freunde und ich doch nur Versager. Was schert dich meine Meinung also überhaupt?«

»Genau«, rief Anne. »Da *scheiß* ich doch drauf!«

»Dann hätten wir das ja geklärt«, sagte Mark, nahm Anne die Cola-Dose aus der Hand und stellte sie auf den Tisch. »Schönen Tag noch.«

Jetzt war Anne vollständig verwirrt. Noch nie hatte sie ein Junge hinausgeschmissen! Und überhaupt lief das hier alles völlig falsch: Mark war doch in *sie* verknallt! *Der* hatte gefälligst nervös zu sein. Wo nahm dieser *Nerd* das ganze Selbstvertrauen her?

Anne beschloss, den Rauswurf einfach zu ignorieren. Sie sah auf einen kleinen, länglichen Koffer, der an der Wand lehnte.

»Was ist denn das?«, fragte sie.

»Nicht, dass dich das irgendetwas angehen würde …« Mark erhob sich, nahm den Koffer und öffnete ihn. Es lag eine Klarinette darin.

»Eine Klarinette!«, sagte Anne. »Das passt.«
»*Was* passt?«, fragte Mark.
»Dass du Klarinette spielst und nichts Cooles wie Gitarre oder Keyboard.«
»Ich wette«, grinste Mark, »*du* spielst überhaupt kein Instrument.«
»Tu ich wohl«, widersprach Anne.
»Und welches?«
»MTV«, grinste Anne.
Mark lächelte. »He, du hast ja Humor.«
»Kannst mal sehen«, sagte Anne.

Mark war in die Küche gegangen, um für sich und seinen Besuch ein paar Brote zu machen. *Brote!*, hatte Anne gedacht. *Wie bei meiner Oma!* Ihre üblichen heimischen Snacks bestanden aus Mikrowellen-Hamburgern und einer reichhaltigen Auswahl an Müsliriegeln. Während Mark in der Küche war, musterte sie sein Zimmer. Eine große Regalwand war voll mit Büchern und Videos. Robert A. Heinlein, Arthur C. Clarke, Wolfgang Hohlbein, Stephen King, *Star Trek – The Next Generation, Akte X.* An der Wand hing das Filmplakat von *Matrix*. Neugierig öffnete Anne ein paar Schubladen. In einer fand sie, versteckt unter einem Schreibblock und zwei *Geo*-Heften, eine Ausgabe von *Penthouse* und einen abgegriffenen Porno. Anne grinste. Sie fand es seltsam beruhigend, dass Mark sexuelle Gefühle nicht völlig fremd waren. Obwohl – eigentlich konnte ihr das doch scheißegal sein, oder?

Als Mark mit dem Brot zurückkam – er hatte die Teller mit kleinen Gurkenscheiben und Radieschen garniert, was Anne irgendwie rührend fand –, merkte sie, dass sie immer gelöster wurde. Seltsam. Aber – ja: Sie fühlte sich wohl hier! Sie fühlte sich wohl mit Mark. Sie wusste nicht genau, was ihr an ihm gefiel – aber es hatte etwas mit Aufrichtigkeit zu tun. Und damit, dass er nicht versuchte, sie zu beeindrucken.

»Also«, sagt sie, während sie in eine Scheibe Brot mit Salami biss, »was machst du so den lieben langen Tag?«

Mark zuckte mit den Schultern. »Nichts Besonderes. Was man eben so macht.«

»Shopping, tratschen, Party«, grinste Anne.

»Oder so ähnlich«, grinste Mark zurück.

Hey, dachte Anne. *Er versteht Ironie*. Einen Moment lang kauten sie schweigend. »Hast du eine Freundin?«, fragte sie dann plötzlich völlig unvermutet und zu ihrer eigenen Überraschung.

»Wie bitte?«

»Ich meine ...«, stammelte Anne. Obwohl, warum eigentlich nicht? War doch eine völlig legitime Frage! Und vielleicht würde er jetzt langsam mal mit der Sprache rausrücken und ihr seine Gefühle offenbaren. Dann konnte sie ihn auf das Herz ansprechen und die Sache aus der Welt schaffen. »Na, so schwer war die Frage ja nun nicht: Hast du eine Freundin?«, wiederholte sie mit fester Stimme.

»Nein, momentan nicht«, sagte Mark. »Wir haben uns vor ein paar Wochen getrennt.«

»Oh«, sagte Anne – aufrichtig überrascht. Mark hatte eine Freundin gehabt? »Kenne ich sie?«
»Ja«, sagte Mark. »Nina.«
»Klapper-Nina!«, rief Anne überrascht und schämte sich sofort. Doch Mark nahm es gelassen. »Ja, Nina ist tatsächlich sehr dünn. Es ist eine Stoffwechselstörung. Sie leidet sehr darunter.«
»Tut mir Leid«, murmelte Anne. »Ich wollte sie nicht beleidigen.« Und sie meinte es wirklich ehrlich.
»Schon okay«, sagte Mark. »Sie hat's ja nicht gehört. Diesmal, meine ich ...«
Was sollte das heißen, *diesmal*? Dann fiel Anne ein, wie oft sie mit Denise über »das Gruselgerippe« gelästert hatte, wenn Nina vorbeiging. Wahrscheinlich hatte sie es doch gehört. *Natürlich* hatte sie es gehört. Sollte sie ja auch ... Nur, warum eigentlich?
»Also ... Ihr beiden ...«, versuchte Anne sich von ihren Gedanken abzulenken.
»Ja«, grinste Mark. »Wir beide. Aber sie hat sich in jemand anderen verliebt.«
»Aber«, wunderte sich Anne, »ihr seid doch immer noch befreundet, oder? Ich meine, ihr hängt in den Pausen zusammen herum und so.«
»Warum auch nicht?«, fragte Mark.
Anne, die es gewohnt war, dass man sich nach einer Trennung bis aufs Blut anfeindete und gegenüber seinen Freunden kein gutes Haar an dem Verflossenen ließ, war aufrichtig verblüfft. Das war so ... komisch. *Reif*, würde ihre Mutter wahrscheinlich sagen. Sie fing

an, sich in Marks Nähe wie ein kleines, dummes Mädchen zu fühlen.
»Und du?«, fragte Mark.
»Ich bin auch solo«, sagte Anne. Dass sie bis vor kurzem mit Barry zusammen war, musste sie nicht erwähnen. Das wusste jeder.
»Aha.«
Für einen kurzen Moment herrschte Schweigen. Dann hatte Anne eine Idee. »Wollen wir spazieren gehen?« Beim Gehen war es ein Leichtes, Distanz zu halten. Und außerdem wusste sie schon genau, wohin sie gehen wollte ...
Mark nickte. »Ja, klar, warum nicht.«

Sie gingen schon fast zwanzig Minuten nebeneinander her – und es war sehr angenehm. Mark erzählte gerade von seinen Lieblingsbüchern. Die meisten handelten von irgendeinem Raumschiffscheiß. So was fand Anne öde. Doch einige davon klangen auch erstaunlich originell, wie ein guter Kinofilm. Und es gefiel ihr, mit welcher Leidenschaft Mark von den Büchern erzählte. Barry hatte Bücher höchstens benutzt, um damit Insekten totzuschlagen.
»Also«, schwärmte Mark gerade, »da ist dieser Mann, der immer völlig unvorhergesehen durch die Dimensionen geschleudert wird. Mal ist er zu Hause in seinem Einfamilienhaus in den USA, dann steckt er plötzlich mitten in der Bombardierung Dresdens im Zweiten Weltkrieg, dann hockt er plötzlich ohne Vorwarnung

in einer gläsernen Kuppel auf dem Planeten Tralfamadore, wo er sich unter den Augen von neugierigen Alien-Wissenschaftlern mit einem *Playboy*-Fotomodell paaren soll.«

»Grell!«, lachte Anne.

»Liest du eigentlich auch irgendetwas?«, fragte Mark.

Anne schüttelte den Kopf. »Im Moment ... nein, im Moment nicht. Eigentlich überhaupt nicht so viel.«

Schnell! Ein Thema musste her! Aber mit Mark konnte sie wahrscheinlich nicht wie mit ihren Freundinnen über Jungs und Klamotten sprechen ... Und irgendwie wollte sie das auch gar nicht. Plötzlich merkte Anne, dass sie angefangen hatte, von ihrer Familie zu erzählen. Das tat sie sonst nie! Und erstaunt bemerkte sie, dass Mark wirklich zuhörte. Wenn sie Denise oder Lara hin und wieder versuchte, etwas über ihr Leben zu Hause anzuvertrauen, hörten sie meist nur mit einem Ohr zu. Bloß bei den griffigen und knackigen Geschichten – etwa letztes Jahr, als sich Annes Bruder zum Entsetzen seiner Eltern als schwul geoutet hatte – waren sie voll dabei. Doch Mark schenkte ihr seine uneingeschränkte Aufmerksamkeit.

Anne erzählte von der tiefen Traurigkeit, die sie in letzter Zeit bei ihrer Mutter bemerkt hatte und die ihr Sorgen machte. Dass ihr Vater immer seltener nach Hause kam und selbst wenn er da war, mit den Gedanken stets woanders schien. Dass ihr Bruder sich immer mehr in seinen neuen Freundeskreis und eine für sie fremde Welt zurückzog. »Manchmal«, sagte sie und starrte in die Ferne, als wäre da eine griffige und coole Antwort zu finden, »manchmal ist es so, als würde mein Leben ... irgendwie auseinander fallen. Kannst du dir das vorstellen?« Davon hatte sie noch niemals jemandem erzählt. Und sie wunderte sich, warum ihr diese persönlichen Dinge gegenüber Mark so selbstverständlich von den Lippen gingen. *Vielleicht*, dachte sie, *weil ich ihm nichts zu beweisen habe. Und weil ich bei ihm nichts zu verlieren habe. Oder ganz einfach*, dachte sie dann, *weil er der erste Mensch ist, bei dem ich das Gefühl habe, er versteht, wovon ich rede.*

Schließlich erreichten sie die Parkbank an der Alster. Das Ziel, das Anne von Anfang an angesteuert hatte.

»Setzen wir uns doch einen Augenblick«, sagte sie mit einem breiten Grinsen und war erstaunt zu sehen, dass Mark völlig gelassen blieb. Das war doch nicht irgendeine Bank. Das war *die* Bank! Jetzt würde er doch wirklich etwas sagen müssen!

Und tatsächlich.

»Witzig«, sagte Mark. »Genau auf dieser Bank habe ich neulich gesessen.«

Jetzt – *endlich!* – rückte er also mit der Sprache raus!

»Tim, Ralle und ich wollen an diesem *Jugend-forscht*-Wettbewerb teilnehmen. Wir wollen eine neue Indikation für Holzschutzmittel ausprobieren und testen, wie lange es wirkt. Es ist echt heftig: Spurenelemente von Holzschutzmitteln kann man selbst Jahrzehnte später noch nachweisen! Und aus genau dieser Bank habe ich ein Stück Holz zum Testen herausgekratzt.«

Was?

Mark zeigte auf eine tiefe Kerbe. »Genau da«, sagte er. Das Herz, das sich höchstens dreißig Zentimeter davon entfernt befand, hatte er scheinbar gar nicht bemerkt. Geschweige denn angefertigt.

Anne betrachtete die eingeritzten Initialen. *MH* und *AK*. Das stand nicht für Mark Hartmann und Anne Kaczmarek? Nein! Es stand für irgendein anderes Paar. Ein verrückter Zufall, sonst nichts. Und jetzt sah Anne auch, was doch eigentlich offensichtlich war: Die Buchstaben und das Herz waren schon vor langer Zeit eingeritzt worden! Es hatte sich schon Spark darin festgesetzt.

Warum habe ich das gestern nicht gesehen? Weil sie ihren Freundinnen einfach alles glaubte. *Weil ich eine eingebildete Pute bin*, dachte Anne. Und dann, ganz plötzlich, musste sie lachen. Erst kicherte sie nur leise, doch dann lachte sie laut auf.

»Was ist?«, fragte Mark erstaunt, der noch nie erlebt hatte, dass der Jugend-forscht-Wettbewerb so viel Amüsement hervorrief.

»Nichts«, lachte Anne. »Absolut nichts.«

Mark drängte nicht auf eine Antwort. Er nickte nur. Dann lehnten sich die beiden zurück.

»Das ist ein wunderschöner Tag heute«, lächelte Anne.

»Ja«, sagte Mark. »Und ein erstaunlicher dazu.«

Das Kirschblütenfest

Jedes Jahr findet in Hamburg das Kirschblütenfest statt. Rund um die Alster tummeln sich dann Abertausende von Menschen, Hunderte kreuzen mit Booten über das Gewässer. Nach Einbruch der Dunkelheit kommt dann das Ereignis, wegen dem all diese Menschen gekommen sind: das schönste und größte Feuerwerk des Jahres.

Martha Hoffmann hatte dem Kirschblütenfest noch nie beigewohnt. Oft war ihr nicht nach Feiern zumute gewesen, oder sie hatte einfach viel zu viel um die Ohren gehabt. Doch diesmal hatte sie sich von Anatol überreden lassen.

Anatol war ihr Nachbar. Seit vielen Jahren wohnte er schon im Haus nebenan. Anatol war ein lustiger Vogel, ein komischer Kauz. Ein ewiger Junggeselle, wie sich die Frauen im Viertel erzählten. Manch eine von ihnen hätte viel darum gegeben, wenn Anatol sie einmal zu einem Spaziergang eingeladen hätte. Martha gehörte nicht zu diesen Schwärmerinnen. Anatol war einfach immer da gewesen, hatte ihr manchmal geholfen, schwere Taschen die Treppen hinaufzutragen, und war immer für einen kurzen, netten Schwatz im Treppenhaus gut. Nicht mehr, nicht weniger. Trotzdem - niemand außer Anatol hätte es gelingen können, Martha zu dieser späten Stunde aus dem Haus zu locken.

Jetzt saß Martha neben ihm auf der alten Parkbank. Es war bereits nach 22 Uhr. In etwa einer halben Stunde würde der Himmel in Lichter und Gefunkel getaucht werden. Normalerweise lag Martha jetzt schon im Bett. Sie hatte sich von ihrem Sohn eine Antennenbuchse ins Schlafzimmer legen und einen kleinen Fernseher am Bett aufstellen lassen. Marthas Rücken vertrug Liegen besser als Sitzen. Doch eigentlich war die Mühe mit dem Fernseher verschwendete Mühe: Meist schlief Martha bereits nach wenigen Minuten ein. Sie war jetzt 70. Da durfte man einschlafen, wann man wollte. Es war ihr gottgegebenes Recht!

»Ich sitze oft auf dieser Bank«, erzählte Martha Anatol. »Doch in letzter Zeit kann ich es nicht mehr genießen. Zu viele Nackte auf der Wiese. Ich hab schon einen Leserbrief an die *Morgenpost* geschrieben.«

»Ich weiß«, lächelte Anatol. Manchmal erzählte Martha Dinge wieder und wieder und hielt sie doch stets für eine Neuigkeit.

»So viele Menschen!«, staunte Martha über das Treiben um sie herum. »Ich bin eigentlich kein großer Freund von Gedränge.«

»Wir sitzen zu zweit auf einer Bank«, sagte Anatol. »Das ist kein Gedränge.«
Martha lächelte. »Ich kann mich nicht erinnern, wann ich zum letzten Mal ein Feuerwerk gesehen habe. Was genau wird hier eigentlich gefeiert?«
»Es ist ein japanisches Fest«, erklärte Anatol. »Die Japaner feiern die Tatsache, dass die Kirschbäume blühen.«
»Aber das ist doch nichts Besonders! Das tun sie doch jedes Jahr.«
»Du feierst doch auch jedes Jahr deinen Geburtstag.«
»In meinem Alter ist das kein Grund zum Feiern mehr. Es ist ein Elend mit dem Alter.«
»*Old rhymes with bold*«, zitierte Anatol, der als junger Mann vor den Nazis nach England geflüchtet und dann im Dienst der Royal Air Force gegen seine eigenen, auf Abwege geratenen Landsleute gekämpft hatte. Bis heute fand er, dass die englische Sprache, obgleich sie nur ein Drittel der Worte besaß, über die die deutsche Sprache verfügte, besser als jede andere für Sprichwörter, Aphorismen und Bonmots geeignet war.
»Wie bitte?«, fragte Martha nach.
»Alter macht mutig«, übersetzte Anatol den Sinn. »Und ich musste sehr alt werden, um den Mut aufzubringen.«
»Wofür musstest du den Mut aufbringen?«
»Um dir etwas zu verraten«, sagte Anatol.
Martha sah ihren Nachbarn neugierig an.
»Glaubst du an Liebe auf den ersten Blick?«, fragte Anatol.

»Ach, Anatol!« Martha schüttelte den Kopf. »So etwas gibt es nur in Groschenromanen!«
Anatol lächelte. »Oh nein«, sagte er. »So etwas gibt es wirklich!« Er machte eine kurze Pause. Konnte er das wirklich? Ja. Er konnte. Und er musste! »Als ich dich das erste Mal gesehen habe, als ich neben euch einzog, da dachte ich, ich falle tot um!«
Martha sah ihn perplex an.
»Es war am 14. Juni 1963«, setzte er nach. »Ich habe das Datum nie vergessen.«
»Anatol!«, sagte Martha mahnend. »Hast du getrunken?«
Er ignorierte die Bemerkung. »Ich habe dich gesehen, Martha. Und ich wusste, dass du die eine Frau bist, mit der ich glücklich werden könnte.«
Martha war sprachlos.
»Und noch heute fühlt es sich ganz genauso an, wenn ich dich ansehe!«, fuhr Anatol fort.
Martha räusperte sich. »Anatol«, sagte sie streng. »Wir sind zwei alte Schlachtrösser. Ich bin faltig und mein Rheuma bringt mich um. Und du, du gehst so krumm, als hättest du einen unsichtbaren Elefanten auf dem Buckel. Was soll der Unsinn, dass du mir jetzt etwas von der Liebe erzählst?«
»Ich habe mich vorher nie getraut. Du warst so schön. Und verheiratet. Und ich, ich war ein Nichts.«
»Du warst kein Nichts, Anatol«, sagte Martha. »Du warst schon immer ein toller Mann. Aber wenn du es wirklich ernst meinst mit dieser verrückten Liebes-

erklärung, dann bist du nicht ganz dicht!« Und bevor sie es verhindern konnte, fügte sie hinzu: »Hättest du früher etwas gesagt – wer weiß? Aber heute? Sieh uns doch an. Wir sind alt! Unglaublich alt!«

»Jung. Alt. Was heißt das schon?«, lächelte Anatol. »Es gibt nur lebendig und tot.«

Irgendetwas lief hier ganz entschieden falsch! Zumindest fühlte es sich für Martha so an. Gerade noch hatten sie nett nebeneinander gesessen und auf dieses Feuerwerk gewartet, und nun versuchte Anatol, sie vollkommen aus dem Konzept zu bringen! »Du machst alles kaputt, Anatol«, schalt sie ihn. »Wir waren doch immer gute Freunde! Und jetzt, weiß der Himmel wieso, redest du dir plötzlich etwas von Liebe ein.« Ihre Gedanken wollten einfach nicht zur Ruhe kommen. *Was sollte das?* »Vielleicht hast du Angst, allein zu sterben. Vielleicht guckst du zu viele schlechte Filme im Fernsehen. Aber wir sind jenseits von diesen Dingen, Anatol!«

Anatol lächelte immer noch. Er erhob sich und zeigte auf die Lehne der Parkbank. »Schau!«, sagte er.

»Ich hab meine Brille nicht auf«, brummelte Martha.

Anatol nahm seine ab und reichte sie ihr. Martha setzte sich die klobige Männerbrille auf die Nase. Erstaunlicherweise konnte sie gut damit sehen. Im Holz der Lehne, dort, wo Anatol hinzeigte, war ein Herz geschnitzt. Darin standen zwei Initialen:

Martha Hoffmann und Anatol Kiesow! »Du Spinner!«, sagte Martha. *Da ritzt der alte Narr doch tatsächlich ein Herz in eine Bank!* Aber sie konnte ein leises Kichern in ihrer Stimme nicht völlig unterdrücken. *Wie ein verliebter Teenager!*

»Ich war total besoffen und habe geheult wie ein Schlosshund, als ich das getan habe«, grinste Anatol unsicher.

Martha schüttelte immer noch ungläubig den Kopf.

»Weißt du, *wann* ich das da reingeschnitzt habe?«, fragte er, nachdem er sich umständlich und ob seiner Rückenschmerzen leise keuchend wieder hingesetzt hatte.

»Gestern?«, riet Martha.

»1973«, antwortete Anatol.

Martha war verblüfft.

»Am 9. Mai 1973, um ganz genau zu sein«, sagte Anatol. Und jetzt wurde er noch nervöser. Auch Martha spürte, dass jetzt der wirklich große Teil von Anatols Geschichte kam. Mai 73 … Irgendetwas war damals passiert … Nur was?

»Ich habe dieses Herz in die Bank geritzt, nachdem ich

deinen Mann grün und blau geprügelt habe«, sagte Anatol. Seine Stimme war leiser geworden. Unsicher.

»*Was* hast du getan?«, rief Martha entsetzt.

»Ich war euer Nachbar, um Himmels willen!« Jetzt wurde Anatol aufgeregt. »Ich wusste doch, was bei euch zu Hause los war! Ich hab dich schreien gehört! Ich hab ihn herumbrüllen gehört! Ich hab deine Prellungen und Veilchen gesehen. Ich habe gesehen, wie du bei jedem lauten Geräusch zusammengezuckt bist! Und da habe ich ihm eines Nachts, als er auf dem Weg zur Frühschicht in den Hafen war, einfach an der Ecke aufgelauert.«

Mai 73. *Natürlich!* »Du ...?«, stammelte Martha. »Das kann nicht sein!«

»Ich hab ihm mit einem Vierkantholz einen über die Rübe gezogen. Er ging sofort zu Boden. Dann habe ich ihn in meinen Keller geschleift und hab ihn vermöbelt, bis er nicht mal mehr furzen konnte. Ich hab ihm gesagt, wenn er dich noch einmal anrührt, bringe ich ihn um. Und wenn er mich anzeigt, dann würde er Besuch von meinen Kumpels kriegen. Und die wären noch eine ganze Ecke brutaler als ich!«

»Deine ... Kumpel?«, fragte Martha.

»Ein Bluff«, lächelte Anatol. »Mein bester Freund war damals Wilfried. Dessen aggressivste Handlung bestand darin, mir beim Schach den Läufer wegzunehmen. Aber du weißt doch, wie grunzdumm Horst war. Das weißt du doch?«

Martha lachte kurz auf. Sofort biss sie sich auf die

Zunge. Da durfte sie doch nicht lachen! Das war doch nicht lustig. »Du hast ihn fast totgeprügelt!«, sagte sie zu Anatol.
»*Dich* hat er auch fast totgeprügelt! Es war so eine Art Notwehr aus zweiter Hand«, antwortete der.
»Ich …« Martha wusste nicht, was sie sagen sollte. Nun, vielleicht genau das: »Ich weiß nicht, was ich sagen soll.«
»Du brauchst nichts zu sagen«, flüsterte Anatol. »Ich wollte nur, dass du es endlich erfährst.«
Und in diesem Moment explodierte am Himmel ein Meer aus Lichtern. Fontänen und Wirbel zischten hoch. Es blitzte. Blinkte. Funkelte.
Es stimmt!, dachte Martha, die trotz der warmen Luft zitterte. In ihren Augen standen Tränen. *Das ist das schönste Feuerwerk, das ich je gesehen habe!* Und dann, zögernd, streckte sie die Hand aus. Sie suchte Anatols Hand. Sie wollte ihn festhalten. Und als sie neben sich tastete, spürte sie seine Finger. Zögernd legte sich seine Hand um ihre.
Martha, die sich nicht traute ihn anzusehen und den Blick starr auf den Himmel richtete, erwiderte den sanften Druck.
Der Himmel regnete Gold.

Eiskalt

Es war kalt. Bitterkalt. Bobby, der eigentlich Hartmut Bobsin hieß, aber von niemandem so genannt wurde, kauerte auf der Parkbank und hüllte sich in die inzwischen zerschlissene Wolldecke, die er letztes Jahr von der Heilsarmee geschenkt bekommen hatte. Er nahm einen Schluck aus der Korn-Flasche. Vier Stunden hatte er in der Fußgängerzone betteln müssen, um das Geld für diese Pulle zusammenzubekommen. Der Alkohol wärmte jedoch nur innerlich. Bobbys Gedärme glühten; seine Haut aber, seine Hände blieben eisig.

Bobby hätte gern einen Becher Glühwein gehabt, von einem der Stände, die wie jedes Jahr im Winter rund um die Alster am Wanderweg aufgebaut worden waren. Doch das war ein illusorischer Wunsch. Vier Euro sollte ein Glühwein mit Schuss kosten. Vier Euro für solch einen mickrigen Becher! Wahnsinn!

Obdachlose hassten den Winter. Verständlicherweise: Jede Nacht wurde zum Überlebenskampf. Und in jedem Winter gab es mindestens ein oder zwei Männer zu beklagen, die in den eisigen Temperaturen unter den Brücken und in den Hauseingängen der Stadt den Löffel abgaben. Bobby hatte einmal in der U-Bahn, in der er tagsüber, um sich aufzuwärmen, von Endstation zu Endstation fuhr, ein altes Ehepaar belauscht. »Für solch arme Schweine ist das doch eine regelrechte Erlösung«, hatte der Mann zu seiner Frau gesagt, nachdem er in der Zeitung vom Erfrierungstod eines Penners gelesen hatte. Die Frau hatte genickt. Und Bobby hätte schreien können vor Wut.

Doch Bobby schrie nicht. Er war still geworden in den letzten Jahren. Eines der Erfolgsrezepte des Lebens auf Platte bestand darin, nicht aufzufallen. Als Wohnungsloser zog man eine unendliche Aggression auf sich. Man war der unerwünschte Beweis, dass etwas im Leben schief gehen konnte.

Der Winter war eine Gefahr. Und doch konnte Bobby ihn nicht wirklich hassen. Er mochte das Licht, das zu dieser Jahreszeit so tief stand, als wolle die Sonne sich bei uns auf der Erde niederlassen. Ein Hauch von Orange, der über die raureifbedeckten Wiesen funkelte. Es war ein ganz besonderes Licht. Bobby mochte die Menschen im Winter, eingemummelt in drei Schichten. Aus dicken Daunen, aus Pelz und Leder lugte manchmal nichts als eine knallrote Nasenspitze hervor. Bobby mochte die kleinen dampfenden Atemwölkchen, die jeder im Winter herauspuffte. Bei manchen Menschen war das das einzige Anzeichen von innerer Wärme, das man je zu sehen bekam. Und Bobby freute sich mit den Kindern: Wie sie strahlend auf ihren Schlitten saßen, von den Eltern gezogen, wie sie Schneebälle formten und sich ungelenk damit bewarfen. Wie sie sich in den Schnee plumpsen ließen, auf dem Rücken liegend mit den Armen ruderten und einen Schneeengel hinterließen.

Bobby neidete den Menschen ihr Leben nicht. Er ertrug sein eigenes Unglück nicht besser, indem er andere für ihr relatives Glück verachtete. Bobby gab niemandem die Schuld an seiner Situation als sich selbst. »Die Gesellschaft hat Sie ausgespuckt«, hatte so ein übereifriger Sozialarbeiter, der frisch von der Uni kam, mal zu ihm gesagt. »Vielleicht habe ich ihr nicht geschmeckt«, hatte Bobby gelächelt.

Auf der Alster schimmerte eine Eisschicht. Noch hatte der große Alster-Wintertrubel nicht begonnen. In ein paar Tagen, falls die Temperaturen so niedrig blieben, würde aber die ganze Außenalster von Menschen bedeckt sein, die Arm in Arm von der einen Seite zur anderen schlenderten, die lachend das Gleichgewicht zu halten versuchten, die an den Dutzenden von Buden warme Getränke, Crêpes, Würstchen und Scampi verspeisten. Es war immer wie ein kleines Volksfest. Vorerst aber tummelten sich nur rund zwei Dutzend Menschen am Ufer des gefrorenen Flusses. Sie betraten das

Eis nur sehr vorsichtig am Rand; ihnen war natürlich klar, dass die Eisschicht weiter in der Mitte einen ausgewachsenen Menschen nicht tragen würde.

Bobby beobachtete zwei Jungen, die offenbar gerade aus der Schule gekommen waren, achtlos ihre schicken Ranzen auf die feuchte Wiese geworfen hatten und nun über das Eis schlidderten, sich schubsten und dabei herzhaft lachten. Sie waren vielleicht neun oder zehn Jahre alt. Der eine der Jungen war wilder als der andere; er sprang und hopste mit solcher Wildheit über das Eis, dass Bobby zu überlegen begann, ob er einschreiten sollte. Er hatte kein Radio, aber er erinnerte sich, dass die Behörden in den Lokalnachrichten stets eindringlich vor einem Betreten der Alster warnten, bevor sie offiziell als sicher befunden und für die Öffentlichkeit freigegeben wurde. Bobby zögerte, weil er wusste, was passieren würde, wenn er die Jungen vom Eis zu holen versuchte: Binnen kürzester Zeit wäre er von einem Dutzend Menschen umzingelt, die ihn als Kinderschänder beschimpfen würden. *Fassen Sie die Kinder nicht an!*

Noch ein Schluck aus der Flasche.

Es war wirklich scheißkalt.

Und dann geschah es: Der Junge, der eben noch aufrecht auf dem Eis gestanden hatte, war verschwunden! Von einer Sekunde auf die andere verschluckt vom Fluss, dessen Eisschicht unter den Sprüngen geborsten war.

Bobby hatte nicht gehört, wie das Eis brach. Der kalte

Wind blies zu laut. Ohne nachzudenken ließ er jetzt aber die Flasche fallen, sprang auf, raste an das Ufer. Der andere Junge hatte sich mit einem Satz an Land gerettet und stand nun da, kerzengerade und hysterisch schreiend. Ein paar Spaziergänger blieben stehen und schauten neugierig.

Ein Loch hatte sich in der Alster aufgetan, ein Schlund von etwa einem Meter Durchmesser, in dem Wasser spritzte und gurgelte. Manchmal tauchte für einen kurzen Augenblick eine Hand auf. Eine kleine Kinderhand, die verzweifelt nach oben griff, auf der vergeblichen Suche nach irgendeinem Halt, bevor sie wieder nach unten gezerrt wurde. Das Wasser sog sich in der Daunenjacke des Kindes fest. Einmal sah man den Kopf des Jungen, ganz kurz war es ihm gelungen, nach oben zu dringen. Er schnappte panisch nach Luft.

Bobby zögerte nicht. Er griff sich einen langen Ast, der in einem Gebüsch lag, in dem andere Kinder vor ein paar Tagen eine Höhle hatten bauen wollen, und lief an den Rand des Ufers. Dort warf er sich auf den Bauch und robbte so schnell er konnte – und das knackende Eis es zuließ – auf das Loch zu, aus dem jetzt wieder das angstverzerrte Gesicht des Kindes hervorschoss. Der Junge schrie! Den Bruchteil einer Sekunde hörte man das entsetzlichste Geräusch, das man sich vorstellen kann: ein Kind in Todesangst. Der Junge schluckte Wasser, der Schrei erstarb zu einem Gurgeln und Keuchen. Dann war das Kind wieder komplett unter Wasser verschwunden.

Bobby hatte sich weiter vorgewagt. Er streckte den Ast aus. Das Holz ragte über den Rand des Lochs.

Tauch auf!, flehte Bobby innerlich.

Tauch auf und greif zu.

Der Junge blieb verschwunden.

»Komm hoch!«, brüllte Bobby. Natürlich wusste er, dass der Junge ihn nicht hören konnte. Doch er konnte nicht still sein. Seine Angst und Verzweiflung mussten einen Weg nach außen finden. »Komm raus, verdammt noch mal!«

Eine Frau am Ufer, die erst jetzt begriff, was sie dort beobachtete, fiel in Ohnmacht. Sechs Leute hatten es denkbar eilig, ihr zu helfen. Niemand aber kam Bobby zu Hilfe.

»Tauch auf, Junge! *Tauch auf!*«, schrie Bobby. Tränen schossen ihm aus den Augen.

Unter ihm knackte es. Trotzdem, er robbte noch ein paar Zentimeter dichter an das Loch heran, wohl wissend, dass der Fluss ihn jeden Moment ebenso verschlingen könnte wie das Kind. Der Ast ragte nun weit in das Loch hinein. Der Junge musste ihn nur entdecken!

Es herrschte eine entsetzliche Stille in dem Loch. Eine eisige Ruhe. Die Oberfläche des Wassers war ruhig. War der Junge schon komplett untergegangen? War er besinnungslos geworden? »*Junge!*«, schrie Bobby. »Tu mir das nicht an, Junge!«

Und in diesem Moment schoss eine Hand aus dem Wasser, stieß gegen den Stock, verschwand wieder, kam noch einmal hoch, griff nach dem Holz. Eine kleine Hand, blau vor Kälte, deren rote Knöchel erschreckend deutlich machten, dass ihr Besitzer sich festklammerte wie noch nie in seinem Leben, dass das Kind eine Kraft aufbrachte, die nahezu übermenschlich sein musste. Der Kleine war ein Kämpfer!

Bobby heulte, er schrie unzusammenhängende Sätze, vor allem aber zog er an dem Ast. Und endlich kamen zwei andere Männer vom Ufer, schnappten sich Bobbys Beine. Sie zogen an Bobby, während der an dem Ast zog und das Kind buchstäblich aus dem Eisloch herausfischte. Als der Oberkörper des Jungen aus dem Wasser war und der Junge wimmernd auf dem Eis zusammensackte, schnappten sich Bobby und einer der Männer seine Schultern. Schnell zogen sie ihn ans Ufer. Der Freund des Jungen weinte immer noch. In der Ferne heulte eine Sirene. Irgendjemand hatte einen Krankenwagen gerufen.

Dr. Klaus Hokner saß in seiner Praxis. Neugierig betrachtete er das kleine Päckchen, das seine Sprechstundenhilfe ihm eben auf den Tisch gelegt hatte. »Von wem ist das?«, hatte er gefragt.

»Eine junge Frau hat es abgegeben«, hatte seine Assistentin geantwortet und mit den Schultern gezuckt. »Aber sie wollte nicht warten.«

Das Päckchen war in blaues Geschenkpapier gehüllt. Oben auf dem Päckchen war mit doppelseitigem Klebeband ein *Ferrero Küsschen* befestigt. Auf der Rückseite klebte ein Briefumschlag. Dr. Hokner öffnete ihn. Eine schlichte Klappkarte mit einem Blumenmotiv lag darin. Darauf stand:

Vielleicht erinnern Sie sich an mich? Ich werde Sie nie vergessen: Sie haben mir das Leben gerettet.
Danke!

Die Frau von der Liegewiese

Dr. Hokner erinnerte sich. Er hatte lange gezögert, ob er die Frau mit dem offensichtlich bösartigen Leberfleck ansprechen sollte. In seinem Studium, während seiner Assistenzarztjahre am Krankenhaus, hatte man ihm eingebläut, sich niemals persönlich zu involvieren. *Sonst gehst Du vor die Hunde. Ein Arzt hilft sich selbst, wenn er nur hilft, wenn er um Hilfe gebeten wird.* So einfach war das.
Dr. Hokner war froh, dass er sich an diesem Tag an der Liegewiese nicht in professioneller Ignoranz geübt hatte!
Er lächelte, als er das Päckchen öffnete. Und er lachte laut auf, als er sah, was darin lag. Es war das neue Buch seines Lieblingsautors Will Self: *Wie Tote leben.* Die Frau hatte Humor!
Das Telefon auf dem Schreibtisch klingelte. Schmunzelnd griff er zum Hörer. »Ja?«
»Ihre Frau!«, rief die Sprechstundenhilfe aufgeregt und stellte durch, ohne auch nur die Antwort des Arztes

abzuwarten. Frau Hokners Stimme war tränenerstickt und panisch: »Moritz ist im Krankenhaus! Er ist in der Alster eingebrochen!«

Die Worte trafen ihn wie ein Faustschlag. Dr. Hokner riss entsetzt die Augen auf. »Welches Krankenhaus?«

»St. Georg«, weinte seine Frau.

»Wir sehen uns dort. Ich komme sofort!«, rief Dr. Hokner. Er schnappte sich seinen Mantel und stürmte aus der Tür. »Ein Notfall!«, rief er seiner Sprechstundenhilfe noch zu. »Keine Patienten mehr heute!«

»Er wird wieder ganz gesund«, prophezeite der lächelnde Arzt den beiden Eltern, als sie ihm im Krankenhausflur gegenüberstanden. Von Dr. Hokner und seiner Frau wich die Starre, sie sackten zusammen, fielen sich in die Arme. Beide weinten vor Glück. Eine Dreiviertelstunde hatte es gedauert von der ersten Nachricht, dass ihrem Kind etwas Schreckliches zugestoßen sei, bis zu diesen erlösenden Worten.

Der kleine Moritz schlief. Seine Eltern hatten neben seinem Bett gesessen, während sie auf die Diagnose des behandelnden Arztes warteten. Sie hatten ihm immer wieder über den Kopf gestrichen und ihn geküsst. Der Kleine war nicht aufgewacht. Er war so erschöpft, wie ein Mensch nur sein kann.

»Gott sei Dank hat sein Retter so schnell reagiert. Ein paar Minuten später wären die Hirnschäden gravierend gewesen. Wenn er überhaupt noch gelebt hätte«, erklärte der Arzt nun Moritz' Eltern.

»Sein Retter?« Dr. Hokner hatte keine Ahnung, was genau geschehen war. Er wusste nur, dass sein Kind in der Alster eingebrochen war.
»Er liegt nebenan«, lächelte der Arzt. »Ein Obdachloser. Er hat Ihren Sohn aus dem Wasser gezogen.« Und setzte dann dazu: »Wenn ich es richtig verstanden habe, war er der Einzige, der sein Leben riskieren wollte, um Ihren Sohn zu retten.«
Die Eltern sahen sich an. »Ist er verletzt? Geht es ihm gut?«, fragte Dr. Hokner.
»Er isst jedenfalls wie ein Scheunendrescher.«

Bobby lag im Bett. Vor ihm auf dem Klapptisch stand ein Teller mit zwei Schnitzeln, Kartoffelsalat, Erbsen und Möhren. Daneben stand eine geöffnete Dose Bier. »Für Lebensretter machen die hier eine Ausnahme«, lachte Bobby seinen Besuchern zu und schwenkte das *Warsteiner*. »Die Schwester hat mir ohne Murren einen ganzen Sechserpack aus dem Imbiss geholt! Ein erstklassiges Krankenhaus!«
»Hokner ... guten Tag«, stellte Dr. Hokner sich vor. »Wir sind die Eltern von Moritz.«
»Moritz heißt der Kleine also?«, lächelte Bobby. »Ein wildes Kerlchen. Ich hörte schon, dass er wieder okay wird.«
»Das war sehr mutig von Ihnen«, sagte Frau Hokner.
Bobby machte eine wegwerfende Handbewegung: »Ach was. Ist ja nicht so, dass ich ihm hinterhergesprungen wäre.«

»Geht es Ihnen gut?«, fragte Dr. Hokner.
»Never better«, grinste Bobby und schob sich ein Stück Schnitzel in den Mund. »Die haben gesagt, ich könne ruhig ein paar Tage hier bleiben und mich aufwärmen. Zur ...« – Bobby zwinkerte – »... Beobachtung.« Bislang hatte man ihn in den Notfallaufnahmen der Krankenhäuser stets mit unverhohlener Missbilligung behandelt. Er war ein stinkender Störfaktor. Eine Belastung für das Gesundheitssystem. Aber als Mann, der ein Kind gerettet hatte, war man plötzlich sogar bereit, ihm ein paar Tage Kost und Logis zuzutricksen.
»Sie sind obdachlos?«, fragte Dr. Hokner.
Bobby nickte.
Dr. Hokner blickte aus dem Fenster. Eiszapfen hingen von der Regenrinne herab. Es schneite. »Sie können jederzeit bei uns wohnen. Wir haben ein Gästezimmer«, bot Dr. Hokner dem Mann im Bett ohne lange darüber nachzudenken an. Als er den entsetzten Blick seiner Frau bemerkte, fügte er schnell an: »Zumindest, bis die Eiseskälte vorbei ist.«
Bobby trank einen Schluck aus der Dose. »Das ist sehr nett von Ihnen, aber das ist wirklich nicht nötig«, sagte er.
»Sie haben unserem Kind das Leben gerettet. Das ist das Mindeste, was wir für Sie tun können!«, betonte Dr. Hokner.
»Sie ... Sie haben unserem Kind das Leben gerettet«, sagte jetzt auch Frau Hokner zögernd.
»Okay, ja. Danke also!«, sagte Bobby. »Ist wirklich kalt

draußen!« Er beugte sich vor, öffnete die Tür des kleinen metallenen Schranks neben seinem Bett und holte eine weitere Bierdose heraus, die er unverzüglich öffnete. »Prost«, lächelte Bobby Moritz' Eltern zu und nahm einen Schluck. Der weiße Schaum auf seiner Oberlippe sah aus wie ein Schnurrbart aus Zuckerwatte.

»Wenn Sie irgendetwas brauchen, zögern Sie nicht, es uns mitzuteilen«, sagte Frau Hokner und legte drei rote Frotteehandtücher auf das Bett des Gästezimmers. Sie bemühte sich freundlich zu klingen, doch es lag eine unübersehbare Spur von Missbehagen in ihrer Stimme. »Ich nehme an, Sie möchten bestimmt erst mal ein heißes Bad nehmen«, fuhr sie fort. Es war weniger ein Vorschlag, als vielmehr ein Wink mit dem Zaunpfahl.
Normalerweise wäre es durchaus gerechtfertigt gewesen, Bobby zur Körperpflege aufzufordern. Wer in seinen Klamotten schlief, in fünf Schichten Stoff, wer bloß die kleinen Waschbecken in öffentlichen Toiletten nutzen konnte, um sich notdürftig zu pflegen, der stank eben. Daran gab es nichts schönzureden. Bobby wusste, wie er normalerweise roch. Und es war ihm unangenehm. Aber momentan gab es nichts an seinem hygienischen Zustand auszusetzen. Er hatte erst am Tag zuvor im Krankenhaus ein ausgiebiges Bad genommen. Er hatte in einer der metallenen Wannen gelegen, die Augen geschlossen und vor sich hin gesummt. Eine halbe Stunde lang! Er hatte frisch

gewaschenes Haar. Und er hatte von dem Diakon in St. Georg neue Klamotten bekommen: Eine kaum getragene Cordhose, zwei T-Shirts mit einer Werbaufschrift für *Premiere – Sport, Erotik, Spielfilme* –, die er als Unterhemd nutzen sollte, zwei Sweatshirts, einen Pullunder. Man hatte ihm sogar bei *Woolworth* einen nagelneuen Dreierpack Unterhosen und einen Fünferpack Socken gekauft. Aber für Frau Hokner stank er dennoch. Für Frau Hokner würde er immer stinken.
Ihr Mann war okay. Er war einer dieser netten Kerle, die sich immer ein bisschen dafür schämten, wie gut es ihnen geht. Auch er war in Bobbys Gegenwart etwas nervös, aber seine tapsige Freundlichkeit war dennoch aufrichtig. Frau Hokner dagegen fühlte sich ihm, dem Lebensretter, nur verpflichtet.
Bobby sah sich in dem Gästezimmer um. Im *Pik As*, dem Obdachlosenasyl der Stadt, hätte man glatt vier Männer in einem Raum dieser Größe untergebracht. Ein helles Zimmer. Durch die Fensterfront strahlte die orangefarbene Wintersonne hinein. Die Wände waren in einem Terrakotta-Ton gestrichen. Das Bett, der Kleiderschrank, das kleine Schränkchen neben dem Bett, der Tisch und die beiden Stühle waren allesamt aus Kiefer. An der Wand hingen zwei Bilder. Eines von Kandinsky, das andere von Mondrian. Kleckse und Kästchen.
Bobby überlegte, ob er sich die Handtücher schnappen sollte, die Frau Hokner ihm aufs Bett gelegt hatte. Er könnte ein Höflichkeitsbad nehmen. Aber dann legte er

sich doch nur aufs Bett, griff nach der alten Jute-Tasche neben sich und holte eines der Dosenbiere heraus, die Herr Hokner ihm von der Tankstelle neben dem Krankenhaus mitgebracht hatte. Instinktiv hatte Bobby die Dröhngranaten, wie er Bierdosen insgeheim nannte, vor dessen Frau verborgen.
»Später vielleicht. Danke. Und Prost!«
Frau Hokner nickte und verließ fluchtartig den Raum.

Bobby war weggedöst. Wann sonst lag er schon in einem dermaßen gemütlichen Bett? Jetzt schlug er die Augen auf. Der Radiowecker, den er als Berieselung hatte laufen lassen, zeigte *18:12*. Irgendein Lied dudelte. Die Melodie war unter dem monoton umpfenden und stampfenden Rums-Rums-Rums der Bass-Spur kaum auszumachen. Bobby erhob sich gähnend.
Langsam öffnete er die Tür. Er hörte Herrn und Frau Hokner in der Küche reden. Sie redeten laut und aufgebracht. Es war jene Art von Streit, die man gerade noch als *leidenschaftliche Diskussion* schönreden konnte.
»Wir wissen doch absolut *nichts* über ihn!«, ereiferte sich Frau Hokner gerade. »Er könnte nachts durchs Haus marschieren und uns allen die Kehle durchschneiden!«
»Klar«, antwortete Dr. Hokner wütend. »Erst rettet er unserem Kind das Leben, und dann metzelt er die gesamte Sippe nieder!«
»Er ist *Alkoholiker*«, stellte Frau Hokner fest.
»Na und?«, sagte Dr. Hokner. »Dein eigener Bruder ist

ein Alkoholiker. Der Vorsitzende des Elternrats ist Alkoholiker. Die rennen nachts auch nicht mit dem Hackebeil durchs Haus!«

»Du weißt, was ich meine«, schimpfte seine Frau. »Vielleicht raubt er uns aus!«

»Braucht er gar nicht. Er braucht nur zu fragen«, sagte Dr. Hokner. »Er hat Moritz das *Leben* gerettet! Ohne ihn hätten wir unser Kind verloren! Ohne ihn hätten *wir* kein Leben mehr! Begreifst du das eigentlich nicht? Wenn er etwas will, dann bekommt er es!«

Frau Hokner verstummte.

In diesen Moment hörte Bobby plötzlich ein leises Räuspern. Erschrocken zuckte er zusammen und drehte sich in die Richtung des Geräuschs. Neben ihm stand eine junge Frau. In der Hand trug sie einen Eimer mit schmutzigem Wasser. Richtig – Frau Hokner hatte das Au-pair-Mädchen erwähnt, das ebenfalls im Haus wohnte.

»Hello«, sagte sie und lächelte unsicher.

»Hi«, lächelte Bobby.

»You saved little Moritz?«, fragte sie.

»Yes«, antwortete Bobby.

Die Frau lächelte. »Thank you!« Und dann umarmte sie Bobby und küsste ihn auf die Wange.

Bobby war verlegen.

»Thank you so much!«, sagte die Frau noch einmal.

»Das ist Ruccola«, erklärte Frau Hokner und zeigte auf den Salat, den Bobby sich gerade in den Mund schob. Sie war bemüht eine Konversation in Gang zu bringen. Die Stimmung am Esstisch war angespannt.
»Wir nannten den früher Rauke«, antwortete Bobby. »Ich habe ihn immer mit Balsamico-Essig und gerösteten Pinienkernen angemacht.«
Frau Hokner sah Bobby verblüfft an. Ja, sie wurde tatsächlich rot.
»Wissen Sie«, lächelte Bobby, »ich bin nicht obdachlos zur Welt gekommen. Es ist nicht so, dass mich die Hebamme herausgeholt hat, mich kurz musterte und dann sagte: ›Oh, oh – schon wieder so ein kleiner Penner. Den packen wir am besten gleich in einen Pappkarton und stellen ihn vor die Tür.‹«
Frau Hokner war mehr als bloß peinlich berührt. »Ich wollte Sie nicht beleidigen«, versicherte sie eifrig. »Ich meine, ich wollte keineswegs ...«
»Entschuldigen Sie«, sagte Dr. Hokner.
»Kein Grund«, sagte Bobby. »Vor acht Jahren habe ich über Berber genauso gedacht wie Sie. Das heißt, ich habe eigentlich überhaupt nicht über sie nachgedacht. Und dann liefen die Dinge nicht so, wie sie laufen sollten. Und dann bin ich selbst einer geworden.«
»Was ist passiert?«, fragte Dr. Hokner.
»Klaus!«, ermahnte ihn seine Frau.
»Kein Geheimnis«, sagte Bobby und machte eine abwiegelnde Handbewegung. »Eigentlich ist es auch nur dieselbe alte Geschichte. Zuerst habe ich zu viel gear-

beitet. Wissen Sie, ich hatte eine Kfz-Werkstatt. Meine Frau fühlte sich vernachlässigt und nahm sich einen anderen. Wir haben uns scheiden lassen. Meine Kinder habe ich immer seltener gesehen. Ich fing an zu saufen. Meine Kinder bekamen Angst vor mir. Meine Frau hat mir das Besuchsrecht entzogen. Ich soff immer mehr. Kein Mensch wollte sich noch von mir die Autos reparieren lassen. Und ich kann's ihnen nicht verdenken. Und dann, zack: Pleite. Und die Bauchspeicheldrüse kaputt. Und dann die Räumungsklage.«

»Es tut mir Leid«, sagte Dr. Hokner.

»Wieso? Sie können doch nichts dafür.« Bobby zuckte mit den Achseln und hielt sein Weinglas hoch. »Kann ich noch einen Schluck haben?«

»Sicher«, sagte Frau Hokner nervös und schenkte nach. Für eine Minute herrschte unbehagliches Schweigen.

»Wie geht's denn Klein-Moritz?«, fragte Bobby schließlich.

»Er wird morgen entlassen«, sagte Dr. Hokner. »Die Ärzte wollten noch endgültig eine Lungenentzündung ausschließen. Es besteht diesbezüglich keine Gefahr mehr. Und die Erfrierungen werden keine bleibenden Schäden hinterlassen.«

»Das ist gut«, sagte Bobby.

»Ja«, sagte Dr. Hokner.

Wieder Schweigen.

»Tun Sie mir einen Gefallen«, sagte Bobby dann, und zum ersten Mal wurde seine Stimme wirklich ernst. »Tragen Sie Ihre Probleme nie auf dem Rücken Ihres

Kindes aus. Die Kleinen sind so zerbrechlich. Wissen Sie, wie weh es tut, wenn Ihr Kind Ihnen plötzlich nicht mehr in die Augen schauen kann? Wenn in seinem Blick nicht mehr nur kindliche, aufrichtige, uneingeschränkte Liebe ist, sondern auch so etwas wie Zweifel? Das tut so entsetzlich weh.«

»Wie kommen Sie darauf, dass wir Probleme haben?«, fragte Frau Hokner mit einem Hauch von Empörung.

Bobby hob eine Augenbraue. »Wir alle haben Probleme«, lächelte er. »Oder sind Sie keine Menschen?«

Frau Hokner blickte unsicher nach unten.

Bobby nahm noch einen Schluck aus seinem Glas. »Einen *Merlot* bekomme ich nicht oft zu trinken«, lächelte er.

Herr und Frau Hokner lächelten nicht zurück.

Bobby packte eines der drei Handtücher zu seinen Sachen. Das konnte er gut gebrauchen. Dann strich er mit der Hand über die Bettdecke. Sie war dick und kuschelig. »Du wirst mir fehlen«, flüsterte er der Daunendecke zu.

Dann öffnete Bobby das Fenster. Gott sei Dank lag sein Zimmer im Erdgeschoss. Er warf seine drei Beutel und die zerschlissene Wolldecke auf den Rasen vor dem Haus und sprang dann hinterher.

Er wollte nicht bei den Hokners bleiben. Er war ein Störfaktor. Er würde Ärger bringen. Und er ertrug es nicht, wie Frau Hokner ihn ansah. Sie hatte denselben Blick wie seine Exfrau. *Verlierer!*, sagte dieser Blick. *Nutzloser, erbärmlicher Verlierer!*

Frau Hokner war früh zu Bett gegangen. Dr. Hokner und er hatten noch auf dem Sofa im Wohnzimmer gesessen. Aber es kam kein richtiges Gespräch zustande. Warum auch? Sie lebten in zwei verschiedenen Welten. Und so hatte Bobby, um das hilflose Schweigen zu übertönen, gefragt, ob er den Fernseher anmachen könne. Dr. Hokner hatte die Kiste nur zu gern eingeschaltet. Es lief *Wetten, dass...* Fünf Männer in blauen Overalls versuchten, mit einer Planierraupe ein Dutzend Crêpes mit Apfelmus zu bestreichen. *Kaum zu glauben*, dachte Bobby, *dass ich in meinem früheren Leben fast jeden Abend vor der Glotze verbracht habe. Was für ein Schwachsinn*!
Irgendwann hatte Dr. Hokner ihm eine gute Nacht gewünscht und sich zurückgezogen. Bobby hatte sich von dem kleinen, metallenen Rollwagen eine fast volle Flasche Cognac und eine halb volle Flasche Gin genommen. Er war in das Gästezimmer gegangen und hatte angefangen, seine paar Habseligkeiten zusammenzupacken. Fünf Minuten später war er aus dem Fenster geklettert.

Eine Dreiviertelstunde später lag er auf seiner Bank. Er blickte auf die Alster, auf der sich das Mondlicht spiegelte. Das Loch, in dem der kleine Moritz fast ertrunken wäre, war verschwunden. Es war wieder zugefroren.
Die Schwestern im Krankenhaus hatten für Bobby gesammelt. Fast hundert Euro hatten sie ihm überreicht!

Morgen würde er sich dafür einen Schlafsack kaufen. Einen richtig dicken.

»Bobby?«
Eine Frauenstimme. Bobby schlug die Augen auf. Es war hell. »Bobby?«
»Frau Hokner?«, wunderte sich der Obdachlose und sah die Frau an, die vor der Bank in Augenhöhe vor ihm hockte.
»Warum sind Sie abgehauen?«, fragte Frau Hokner.
Bobby richtete sich auf. Er strich sich mit der Hand durch die Haare. Sein Blick fiel auf die leere Cognacflasche auf dem Boden. Frau Hokner folgte seinem Blick.
»Tschuldigung«, sagte Bobby.
Frau Hokner lächelte. »*Mir* tut es leid«, sagte die Frau. »Ich habe nachgedacht. Und ich schäme mich so! Ich habe mich schrecklich benommen.«
»Unsinn«, sagte Bobby. Sein Kopf dröhnte. Auch bei einer 40-Euro-Flasche Schnaps war man vor einem Kater nicht gefeit.
»Wir holen nachher Moritz aus dem Krankenhaus ab«, sagte Frau Hokner. »Wollen Sie uns nicht begleiten?«
»Ich glaube nicht«, antwortete Bobby.
»Ich bin mir sicher, dass er sich bei Ihnen bedanken will«, versuchte sie ihn zu überzeugen.
»Das ist nicht nötig«, murmelte Bobby.
»Doch, das ist es«, antwortete Frau Hokner. »Und ich glaube auch, wir – mein Mann und ich – haben uns nicht wirklich bei Ihnen bedankt!«

»Natürlich haben Sie das«, sagte Bobby. »Sie haben mir sogar Ihr Gästezimmer gegeben.«
»Wir waren aber offensichtlich keine guten Gastgeber«, sagte Frau Hokner, die bisher neben der Bank gestanden hatte und sich nun neben Bobby setzte. »Sonst wären Sie nicht weggelaufen.« Sie sah ihn direkt an. »Kommen Sie mit«, sagte sie. »Bitte! Wir holen Moritz ab. Wir essen zusammen. Und wenn Sie nicht bei uns übernachten wollen, mieten wir Ihnen ein Zimmer in einer Pension.«
»Ich weiß nicht ...«, zögerte Bobby.
»Bobby! Wir werden Ihnen niemals genug danken können für das, was Sie getan haben. Bitte lassen Sie uns wenigstens unser Bestes versuchen!«
Bobby sah sie an. Er schluckte. Er spürte, dass Tränen in seine Augen traten. Auch Frau Hokner begann nun leise zu weinen. »Bitte, Bobby«, sagte sie. Und ihre Stimme war belegt. »Lassen Sie uns Ihnen danken!« Und dann umarmte sie ihn. Die feine Frau Hokner umarmte den Penner! Und es war keine demonstrative Umarmung, es war keine Geste. Es war ehrlich!
»Okay«, murmelte Bobby. Er versuchte den Kloß aus seinem Hals wegzuräuspern. Vorsichtig löste er sich aus Frau Hokners Umarmung. »Okay, ja. Holen wir Klein-Moritz ab!«
»Danke«, strahlte die Frau.
Sie nahm eine von Bobbys Taschen. Er selbst trug die beiden anderen. Sie gingen auf den Wagen zu, den Frau Hokner an der Straße geparkt hatte. Direkt dahin-

ter stand ein kleiner Transporter. Zwei Männer luden Paletten aus.

»Sie bauen die ersten Stände auf der Alster auf«, erklärte Frau Hokner. Und immer noch war ihre Stimme ein wenig brüchig. »Die Behörden haben die Alster heute offiziell freigegeben.«

»Wissen Sie, was ich nachher gerne machen würde«, sagte Bobby, während Moritz' Mutter ihm die Beifahrertür aufschloss. »Ich würde auf der Alster gern einen Becher Glühwein trinken.«

»Ja! Das machen wir!«, lächelte Frau Hokner.

Die unerwartete Verzauberung des Herrn Verwaltungsdirektors

Sieben Monate, nachdem der ordnungsgemäß gestellte, genauestens geprüfte und schließlich bewilligte Antrag auf Her- und Aufstellung eines Freiluftsitzmöbels an der Außenalster seinen Weg in den Ausgangskorb des Herrn Verwaltungsdirektors Siegmar Zürn gefunden hatte und inzwischen längst dessen Gedächtnis entfleucht war, blieb Herr Zürn im Fahrstuhl stecken.

Für den Herrn Verwaltungsdirektor, dessen Tagesablauf seit vielen Jahren völlig reglementiert war und dessen letzte spontane Tat darin bestanden hatte, vier Wochen zuvor in der Behördenkantine einen Erdbeerquark statt des eigentlich obligaten Schokoladenpuddings zum Nachtisch zu wählen, war solch eine Unterbrechung der Routine ein großes Ereignis. Es wäre selbst dann schon ein großes Ereignis gewesen, wenn der Fahrstuhl einfach nur stecken geblieben wäre, wenn Herr Zürn leise »Ach du liebe Güte« geseufzt hätte, wenn er auf den Alarmknopf gedrückt, fünf Minuten ausgeharrt und dann erfreut zur Kenntnis genommen hätte, dass sich der Fahrstuhl wieder in Bewegung setzte. Doch dieser Vorfall gewann nahezu den Stellenwert eines Naturereignisses, da Herr Zürn sich zu diesem Zeitpunkt nicht allein im Lift befand.

Neben ihm stand eine Dame, die 34 Jahre alt war, deren grob gelockte Dauerwelle sie aber locker zehn Jahre älter erschienen ließ und deren schlichtes, nicht sehr vorteilhaft geschnittenes graues Kostüm noch mal drei, vier Extrajährchen draufpackte. Bei dieser Dame handelte es sich um Maribelle Böckner, deren Vorname das einzig einigermaßen Exzentrische war, was es in ihrer gesamten Existenz zu berichten gab. Maribelle Böckner arbeitete zwei Stockwerke höher im Amt für Tiefbau. Sie fand ihren Beruf interessant.

»Ach du liebe Güte«, entfuhr es Maribelle, als der Aufzug mit einem Ruck zum Stehen kam, mitten zwischen dem dritten und vierten Stockwerk.

»Keine Angst«, sagte Siegmar Zürn in seinem wohlklingenden Barriton, da er sich als Mann verpflichtet fühlte, die Beschützerrolle zu übernehmen.

»Der Fahrstuhl müsste wirklich einmal ausgetauscht werden«, erklärte Maribelle. »Er ist schon fast 20 Jahre alt. Ich habe das mal in den Unterlagen nachgesehen.«

»18 Jahre, um genau zu sein«, korrigierte Siegmar Zürn, der insgeheim freudig überrascht war, dass er nicht der einzige Mensch in diesem Gebäude war, der je auf die Idee gekommen war, sich im Archiv über das Baujahr dieser seilgehaltenen Bewegungsapparatur der Antriebsart Doppelwinde/2c zu informieren. »Mein Name ist Zürn«, stellte sich der Herr Verwaltungsdirektor dann bei Maribelle vor und war entzückt, als diese leise »Ich weiß« sagte und dann ein zartes Rosa auf ihrem Gesicht erschien.

Siegmar Zürn war es nicht gewohnt, dass ihn jemand zur Kenntnis nahm. Und er war es noch weniger gewohnt, dass Frauen wegen ihm lächelnd erröteten. Und weil selbst ein Mensch wie Siegmar Zürn in diesem Moment erkennen musste, dass ihm das Leben gerade eine ganz große Chance auf dem Silbertablett servierte, lächelte er Maribelle Böckner an und lud sie zum Abendessen ein.

Und Maribelle Böckner freute sich darüber.

Die beiden gingen in den Ratskeller, und bevor der Herr Verwaltungsdirektor es Maribelle auch nur empfehlen konnte, bestellte sie Grünkohl mit Pinkel.

Nach dem Essen, bei dem Maribelle Böckner und Siegmar Zürn einander kurz von ihren jeweiligen Leben erzählt und danach ausgiebig eine beiderseitig für dringend notwendig erachtete Reform der internen Postzustellungsstruktur im Bezirksamt Hamburg-Mitte diskutiert hatten, gingen sie an der Alster spazieren. Maribelle hatte sich bei Herrn Zürn eingehakt, was diesen gleichermaßen glücklich wie nervös machte.

Nach einer Weile kamen sie zu einer Parkbank.
»Setzen wir uns doch«, schlug Maribelle vor, und der Herr Verwaltungsdirektor wischte, bevor sie Platz nahmen, die Sitzfläche der Bank mit seinem Stofftaschentuch sauber.
»Danke schön«, sagte Maribelle.
Sie saßen nebeneinander und Maribelle, die vielleicht unendlich langweilig war, aber dennoch ein sehr romantischer Mensch, nahm sich ein Herz und unmittelbar danach die Hand des Herrn Zürn und seufzte leise. Siegmar Zürns Herz schlug daraufhin außergewöhnlich schnell. Über der Alster schien der Vollmond. Es war ein wundervoller Anblick.
»Wahrscheinlich wissen Sie das nicht, aber diese Bank«, sagte der Herr Verwaltungsdirektor, wobei er sich nervös räusperte, »habe ich selbst vor ein paar Monaten in Auftrag gegeben.«
Maribelle drehte sich Herrn Zürn zu, schloss die Augen und küsste ihn. Es war ein warmer, weicher, erstaunlich leidenschaftlicher Kuss. »Das hast du gut gemacht«, sagte sie lächelnd.
Ja, dachte der Herr Verwaltungsdirektor. *Das finde ich auch.*